PAOLA ZANNONER

MATILDE
la ribelle

romanzo

FANUCCI EDITORE

Della stessa autrice abbiamo già pubblicato:

A piedi nudi, a cuore aperto
La settima strega

Prima edizione: gennaio 2008

via delle Fornaci, 66 – 00165 Roma
tel. 06.39366384 – fax 06.6382998
Indirizzo di posta elettronica: info@fanucci.it
Indirizzo internet: www.fanucci.it

Progetto grafico: Grafica Effe

PAOLA ZANNONER

MATILDE
la ribelle

A mio padre Carlo

1
La zingara

«Una parola, nel frattempo»

Carlo sorride, abbassa gli occhi [illegible] via, cerca di evitare la zingara che [illegible] nata.

«Non ho tempo!»

Alza una mano per allontanarla [illegible] quella è più svelta e [illegible] [illegible].

Il [illegible] [illegible]

1
La zingara

«Una parola, bel giovane.»

Carlo sorride, abbassa gli occhi. Fa per correre via, cerca di evitare la zingara che gli si è avvicinata.

«Non ho tempo!»

Alza una mano per allontanare la donna, ma quella è più svelta e la afferra mentre è ancora a mezz'aria.

Il giovane ha l'aria gentile, non è brusco come molti passanti, non si rabbuia né lancia un insulto, e questo è sufficiente perché la zingara insista. La donna ha il viso largo, scurito dal sole, rughe bianche intorno agli occhi nerissimi. Eppure è ancora giovane, si vede dalla pelle morbida, dal sorriso che scopre una dentatura candida. Il capo è coperto da uno scialle colorato e i capelli neri sono stretti in una treccia lunghissima e lucida che pende su una spalla, come un serpente.

«Ti leggo la fortuna!» esclama, ma gli occhi sembrano volersi prendere gioco di lui. Ormai è fatta: si è impossessata della mano e ne liscia il palmo con la sua, carica di anelli d'argento. I suoi bracciali tintinnano.

Carlo sospira, alza gli occhi e scuote la testa. «La fortuna!» esclama. Scocca un'occhiata di sfida alla zingara: «Sentiamo!»

A dire la verità, un po' di fortuna non guasterebbe. Stamani gli è andato tutto storto: si è alzato tardi ed è corso a lezione, ma il portone era già chiuso. Così arriverà una nuova nota di biasimo e alla fine, tra biasimi e voti deludenti, cosa racconterà ai suoi? Quando scrive a casa, si mantiene sempre sul vago: 'Gli studi mi costano grande fatica... Il professore di diritto è un uomo molto severo, e ha fama di essere intransigente... Sono costretto a passare nottate sui libri...'

Sui libri... È ben altro quello che legge fino all'alba: sono piuttosto carte, scritti propri e di amici, che Carlo corregge e allunga con citazioni prese da pensieri di filosofi e politici contemporanei. E quante volte, come ieri notte, le ore sono volate in discussioni, mentre la candela si consumava e le voci si abbassavano per non svegliare la sua affittacamere?

Un po' di fortuna è proprio quello che ci vuole, per uno studente che viva a Napoli nel 1820. Soldi, sempre troppo pochi. E questa è una città dove si spende. Una camicia di batista costa un occhio: è vero, la stoffa è finissima e il taglio è francese, ma con la stessa cifra il sarto della sua piccola città ne confeziona cinque, da farci un'intera stagione.

Carlo ha imparato a non dar peso a niente, a fare a meno di tutto. A pranzo si arrangia comprando qualcosa ai banchetti che vendono frittelle e focacce, pesciolini fritti, verdura e frutta d'ogni tipo. Per la cena ci sono gli amici. Perché tutti i soldi se ne vanno in libri: di quelli non se ne può proprio fare a meno, anche se non servono certo per l'università. Gli scritti di un pensatore come Galluppi, per esempio. Napoletano, ma nessuno lo conosce. Eppure è l'unico in grado di trattare dei filosofi tedeschi con competenza. E che dire degli scritti politici di Vincenzo Cuoco, il grande storico della rivoluzione napoletana del 1799? Le sue opere sono al bando, perché Cuoco è stato un personaggio di spicco del periodo napoleonico.

«Nobile...» sta dicendo la zingara, che chiede: «Siete 'no nobile, vuie?»

Gli accarezza la mano liscia, priva dei calli e delle pieghe dure del lavoro.

Carlo sbuffa, si è già pentito di essersi fatto accalappiare come uno sciocco. «Sono studente.»

La zingara lo fissa per un attimo negli occhi, di un azzurro cupo sotto le sopracciglia aggrottate.

«Studente dell'università? Vulite diventà professore... di medecina?»

Il ragazzo annuisce, distratto. Poi scuote la testa: «Ma no... di legge.»

Però è vero, l'idea iniziale era quella di fare il medico. È stato suo padre a decidere che studiasse legge a Napoli. È di un avvocato che hanno bisogno in famiglia, non di un medico. Un avvocato capace di occuparsi degli affari che aumentano, delle pastoie della legge, dei contratti dei lavoranti. E forse delle proprietà da acquistare, perché suo padre ha già due botteghe e allargherà presto i commerci. E siccome non ha studiato granché, e così pure i suoi figli maggiori, tocca al più giovane andare all'università e diventare dottore.

«Studente di legge...» ripete la zingara. Il suo sguardo adesso si concentra sulla mano. «Ma la linea della vita vostra non è di studente, e neppure di professore.»

Carlo è sempre più seccato. Non ha bisogno di un'indovina per sapere che lo studio non fa per lui.

«Voi siete uomo d'azione.» La zingara alza gli occhi, così scuri che non si distingue la pupilla. Adesso il volto che pareva giovane, da ragazza, sembra antico come quello di una statua di terracotta. «È scritto qui, nella mano. Non la scuola, il lavoro, la vita di tutti. Avete un altro destino.»

Gli occhi di Carlo si accendono di curiosità, come quelli di un bambino. «Un altro destino? Quale?»

La zingara fa un largo gesto con la mano. I bracciali scintillano: «Il mondo, i popoli, la strada.»

Carlo si acciglia: «Che significa?»

La donna ride e d'improvviso la sua espressione è misteriosa, addirittura sinistra, tale da farlo rabbrividire. In fretta, Carlo si infila due dita nel taschino del panciotto e ne estrae una moneta. La porge alla zingara e se ne va svelto, scuotendo la testa per scacciare quelle parole che non vogliono dire nulla: quale mondo, quali popoli? E quale strada, poi?

2
Matilde

Il pianto della sorellina si diffonde nel corridoio e arriva fino alla sua stanza. Matilde aggrotta la fronte: ma che avrà da piangere sempre? È come se odiasse il mondo intero. Fin dal mattino presto il piagnucolio si diffonde per tutto il palazzo e accompagna la famiglia fino a notte inoltrata. Perché la bambina non si accontenta di strillare la sua protesta contro la luce: appena cala il sole, eccola lagnarsi per il buio e per le candele, per le ombre che si proiettano sulle tende, per le scale che non vuol salire e per l'abito che non vuol togliere, per il letto che non vuole saperne di toccare.

E anche se maman ha ordinato di farla dormire nelle stanze della servitù, insieme alla tata, gli strilli acuti serpeggiano su per le scale, tra tappeti e arazzi, fino negli appartamenti dei genitori e del fratello, fin nella camera di Matilde.

Il lamento si avvicina. Matilde alza gli occhi al cielo. Prima che la tata bussi alla sua porta, chiude l'album su cui sta disegnando e lo infila in un cassetto del trumeau. La donna ha il fiato un po' corto, appesantita dalla piccola attaccata alla spalla.

«La signorina D'Aubry vuole che tu scenda per andare a passeggio.»

La bambina le indirizza un'occhiata malevola, la bocca piegata all'ingiù. E attacca subito una cantilena: «'asseggio... Alena...»

«No, Maddalena non va a passeggio» risponde con dolcezza la tata. «Maddalena sta con Rosa.»

«'Osa no!» attacca la piccola, e comincia a dimenarsi: «'Osa no! 'Alena 'asseggio!»

La tata la tiene ben salda sul fianco robusto e continua a calmarla con parole tenere. Matilde non apre bocca. Si alza dalla poltroncina e prende un parasole di seta azzurra, intonato all'abito. Prima di uscire dalla stanza fa una boccaccia alla sorella, e Maddalena scoppia a piangere come se l'avesse schiaffeggiata.

«Ma ch'aggio a fa' con te» mormora la fantesca. «Tieni una serpe in corpo.»

La signorina D'Aubry è già pronta nell'androne. Malgrado la giornata calda, indossa un soprabito scuro che, aggiunto al cappello disadorno, la fa sembrare una suora. Appena vede arrivare Matilde, si infila svelta i guanti, soppesando la ragazza con lo sguardo: «*Vous n'avez pas de châle*[1]» osserva, accigliata.

---

[1] Non avete lo scialle.

«*Excusez-moi, il fait chaud aujourd'hui!*[2]» replica Matilde, e per addolcire la governante le regala un bel sorriso.

L'altra scuote appena la testa, ma ha già perso buona parte della sua severità: «Ah, Matilde, *vous avait toujours chaud, vous!*[3]»

Che sollievo uscire da palazzo e lasciarsi alle spalle quell'insopportabile piagnucolio! Dev'essere per la stessa ragione che papà è sempre più spesso fuori e maman esce presto, con mille commissioni da sbrigare e mille visite da fare. Giacomo, poi, chi lo vede più? Da quando frequenta l'università, suo fratello è scomparso: appare giusto all'ora del pranzo e nelle serate di giovedì e sabato, quando la famiglia Farinelli riceve. Giacomo non può davvero mancare, anche se una volta lo ha sorpreso mentre sbuffava davanti allo specchio del salotto, aggiustandosi lo jabot della camicia: «Anche stasera questo teatro!»

«Non rimani a casa? Vai a teatro?» gli aveva chiesto lei, candida.

Giacomo aveva riso: «Il teatro è qui, Tilli. Nei nostri salotti pieni di gente che recita la propria parte come se il mondo esterno non esistesse.» Gli occhi si erano accesi, il bel viso si era rabbuiato. «Ma presto la recita sarà interrotta!»

«Che vuoi dire?»

Lui non aveva risposto. Sembrava avesse cose importanti per la testa. Gli studi, gli amici universitari, le lezioni... Un mondo che a lei pareva

---

[2] Perdonatemi, fa caldo oggi!

[3] Ah, Matilde, avete sempre caldo, voi!

affascinante. Se fosse nata maschio, l'anno seguente, compiuti i quindici anni, sarebbe andata anche lei all'università. Ma si era mai sentito di una ragazza che studiasse legge o filosofia? Perciò doveva contentarsi delle lezioni di disegno e di canto, dei libri per fançiulle bene educate, delle ore di ricamo.

Per fortuna, dopo l'arrivo di Maddalena le cose erano un po' cambiate. La presenza di quella piccola peste aveva fatto nascere una nuova solidarietà tra Matilde e suo fratello (che follia, per i loro genitori, mettere al mondo un'altra bambina! Come avevano potuto? Le sembravano così vecchi...).

La scorsa estate, a pochi mesi dalla nascita di Maddalena, si era ripetuto l'incanto dell'infanzia, quando lei e il fratello giocavano insieme per ore. Nella grande tenuta di campagna dei Farinelli c'era stato tempo per lunghe passeggiate, cavalcate nei boschi e letture difficili, da rompersi la testa, ma non osava dirlo a Giacomo, che, con l'aria del maestro, le passava volumi di scienze e di filosofia perché si facesse un'idea del mondo.

Tornati a Napoli, lui era stato assorbito dalla solita vita e anzi aveva cominciato a uscire anche la sera e a rientrare tardi. Ricevimenti e teatro, caffè, circoli culturali: tutte cose che a lei erano proibite. Dio, che ingiustizia essere femmina! Fino ai sedici anni le toccherà starsene quieta e sorbirsi gli sciocchi discorsi delle dame con cui ricama, o accompagnare maman nelle occasioni stabilite. Poi verrà condotta alle feste, nei palazzi, a teatro, perché si faccia notare. E infine, se saprà brillare a sufficienza, sarà chiesta in sposa. Prima il fidanzamento, poi il matrimonio. Avrà un palazzo suo, un marito, dei figli. Chissà se almeno allora potrà decidere quel che vuol fare ed essere padrona della propria vita!

A volte osserva maman per cercare qualche segno di felicità, di soddisfazione. Ma il viso è severo, accigliato, la bocca ha una piega amara. Gli ordini sono secchi, sia per le cameriere che per lei. Non un gesto d'affetto, non una parola gentile. Solo occhiate fulminanti e una pioggia di critiche: «Matilde, *s'il vous plaît,* correggete il vostro portamento... Matilde, cercate di sorridere... I vostri sforzi al pianoforte non sembrano esaltanti... Il vostro ombrellino non s'intona all'abito...»

Dio, che strazio! Al confronto, persino madame D'Aubry sembra uno zucchero. E dire che l'istitutrice francese è rigidissima!

Ma è così per tutte le ragazze? Una vita da prigioniere, sorvegliate da guardiane ringhiose? Forse è meglio essere sciocche come la cugina Margherita Popolizio, che passa il tempo a parlare di trine e cappelli. O nascere popolane, pensa Matilde, come la giovane lavandaia che canta sciacquando i panni.

Ed è solo quando varca il portone di casa per andare incontro a una giornata azzurra di metà maggio, che la giovane principessa Farinelli riesce a sorridere.

3
La società seg[illegible]

[illegible]

Per le strade principali cammin[illegible]
Il chiarore giallesco dei lampioni [illegible]
tratti di marciapiede [illegible]
come una coperta [illegible]
e pattume. Città avv[illegible]
ombra nell'odore [illegible]
[illegible]

3
La società segreta

Per le strade principali passano le carrozze, e il chiarore giallastro dei lampioni illumina larghi tratti di marciapiede. Ma nei vicoli il buio è fitto come una coperta, e si fatica a distinguere muri e porticine. Carlo è avvolto in un mantello nero, ombra nell'ombra. Cammina svelto, quasi vedesse nell'oscurità con occhi di gatto. Conosce la strada a memoria. Tra pochi passi volterà a destra e passerà sotto un'arcata. Ancora una breve salita e infine la vecchia porta malconcia. Tre colpi secchi, pochi secondi di pausa e poi altri due colpi. Nell'uscio si apre il rettangolo di uno spioncino, appare un'ombra...

«Che vai cercando?»

Il ragazzo sussurra: «La verità.»

La porta si apre, Carlo entra e scambia un breve abbraccio con l'ombra. «Ti aspettavamo, vieni.»

Attraversano il cortiletto silenzioso, immerso nell'oscurità, e infilano un porticato sotto il quale si staglia una porta, subito aperta e richiusa, che dà su una stanza illuminata a giorno dalle lampade a olio. L'ambiente è ampio, col soffitto basso: una vecchia cantina dove sono stati sistemati panche di legno e un lungo tavolo, attorno al quale ci sono alcuni ragazzi.

«Alla buon'ora, De Meo!» lo saluta uno di loro, i capelli ricci che arrivano oltre le spalle. «Ci hai fatto temere il peggio.»

Carlo distribuisce pacche sulle spalle e saluti. «Nessun problema, Vincenzo. In facoltà, le spie del re si riconoscono dall'odore.»

«Ah, per forza!» ride qualcuno. «Da bravi borbonici, non si lavano!»

Vincenzo strizza l'occhio agli altri: «Ma quali spie! Ti davamo per perso dietro a quella stiratrice...»

«Già, la bella Mariolina!» interviene un tizio robusto, il viso coperto di lentiggini. «Ti piace, eh?»

Carlo si schermisce: «Cirì, non pazziamo...»

Vincenzo spalanca gli occhi, ironico: «Uè, Carlo che parla napoletano! Allora è vera passione!»

Gli altri ridono, ma Carlo alza le spalle, serio: «Parlate di donne o di cose serie?»

«Perché? C'è differenza?» interviene un tipo alto, con una giacca lunga di velluto e i capelli corti, castani. «Voglio fare una proposta, cugini[4].

[4] I carbonari tra loro si chiamavano cugini (N.d.A.).

Chiedo che la società accolga anche delle patriote. Ce ne sarà qualcuna...»

«Sì, Domenico, illuditi pure. Non siamo in Francia, qua» lo interrompe Vincenzo.

«Concordo con Domenico» commenta Cirillo, e tira fuori una pipa dal panciotto. «Che siano accolte delle patriote nella Carboneria!»

«Bene. Immagino che per don Cirillo Guidi non sia difficile reclutare delle carbonare.» L'espressione di Vincenzo è seria, il tono provocatorio. «Donne fidate e pronte a morire per la causa, come i cugini. Donne che amano la rivoluzione più di sé stesse.»

Un breve silenzio. Cirillo succhia il cannello della pipa spenta. Poi dice: «Sai qual è il problema, Vincè? Che prendi tutto troppo seriamente.»

L'altro lo guarda storto: «Non siamo qua per fare chiacchiere da caffè!»

Ma qualcuno lo prende per un braccio: «Non ti scaldare, Vincenzo.»

«Torniamo alla nostra discussione?» interviene un altro. Vincenzo annuisce, le sopracciglia aggrottate. Con una mano si tira indietro un ciuffo di ricci.

«Il documento che abbiamo preparato dovrà essere distribuito martedì mattina all'università. Sebastiano si occuperà della stampa. Si tratta di accordarsi sulle ultime frasi.» Nel silenzio generale, Vincenzo legge con voce forte e partecipata: «'Studenti, napoletani, fratelli, cugini! È giunta l'ora di sollevarsi contro l'odiato regime di re Ferdinando! L'università è affondata nel passato, in mano a preti e a baciapile, i veri intellettuali sono imbavagliati, condannati, in esilio. La nostra lotta deve ripristinare i veri valori della rivoluzione: libertà, uguaglianza, fratellanza. Contro la restaurazione, contro i privilegi, contro ogni sopruso, per la libera elezione dei rappresentanti del popolo, per la giustizia.'» Vincenzo si interrompe, alza lo sguardo. «Qui manca una frase forte, prima di chiudere con: 'Viva la Costituzione! Viva la libertà!'»

Carlo aggrotta la fronte: «Non si parla dell'obiettivo più importante.»

«Sarebbe?» Vincenzo gli lancia un'occhiata di sfida.

Il tono si alza, lo sguardo si accende: «La repubblica.»

Vincenzo scoppia in una risata ironica: «La repubblica! Niente meno! Abbiamo scritto che vogliamo l'elezione dei rappresentanti, e chiudiamo con 'Viva la Costituzione'. Non è sufficiente per avere mezza Napoli addosso?»

«Non sono d'accordo. Bisogna assolutamente aggiungere: 'per la repubblica napoletana'. Il popolo deve comprendere qual è il nostro fine principale.»

«Carlo ha ragione» concorda Cirillo. «La parola 'repubblica' dev'essere bene in evidenza.»

«L'obiettivo primario è la Costituzione» interviene un ragazzo vestito da cadetto. «Alla repubblica arriveremo per gradi. Prima il re deve firmare la Costituzione, concedere l'elezione dei rappresentanti.»

«Non capisco cosa significa 'per gradi'!» s'infiamma Carlo. «La nostra società si basa sui valori della rivoluzione francese: la repubblica fu fatta in una notte, non per gradi!»

«Ed è fallita» replica Ignazio, alzando la voce. «Il popolo dev'essere educato alla libertà, imparare ad amarla. Poi chiederà con forza la repubblica.»

«A Napoli il popolo è in mano ai preti e agli aristocratici, che se lo rigirano come vogliono» ribatte Vincenzo con un sorriso sarcastico. «A chi il compito di educare il popolo?»

«Prima la Costituzione, poi le leggi e l'istruzione» interviene Domenico, seduto accanto a Vincenzo.

Vincenzo decide di troncare la discussione: «Direi di mettere ai voti: chi è d'accordo per aggiungere 'per la repubblica napoletana'?»

Si alzano tre mani, una delle quali è di Carlo. Ma la maggioranza è contraria, e la frase viene bocciata. Carlo non nasconde la propria delusione. L'aria corrucciata, sbotta: «Bene, non resta che infilare nel documento un po' d'olio per ungere chi leggerà: 'L'umana viltà vi mostra terrori e pericoli: ma voi siete forse immortali?'[5]»

Un attimo di silenzio, poi Vincenzo esclama: «Bellissima frase, Carlo!» E subito, con ironia: «Quando vuoi, sai dare il tuo contributo politico.»

«Peccato che sia di Ugo Foscolo.»

---

[5] Ugo Foscolo, *Le ultime lettere di Jacopo Ortis*.

«Chi?» chiede qualcuno.

Carlo è scuro in volto. Alza le spalle: «Un grande poeta. In fatti è scappato a Londra. In Italia avrebbe fatto la fine del topo[6].»

Un lieve bussare, la porta si apre di nuovo. Riappare il ragazzo che fa la spola tra il portoncino esterno e la stanza della riunione. Dietro di lui, ecco un giovane vestito con grande eleganza.

«Cugini, perdonate il ritardo.» Si toglie il bicorno, e i capelli biondi scintillano alla luce delle lampade. Il volto è accaldato per la corsa notturna. Gli occhi di tutti sono puntati sul suo abbigliamento vistoso, la lunga giacca verde brillante, il panciotto dorato, i calzoni da sera, la cravatta di seta. Come per rispondere a una muta domanda, il ragazzo allarga le braccia con aria di insofferenza.

«Il giovedì è giorno di ricevimento. Sono scappato di nascosto.»

Vincenzo inarca un sopracciglio, fa un largo sorriso. «Il principe Farinelli ci ha fatto l'onore.»

Giacomo alza fiero la fronte, gli occhi che brillano. «È un titolo che non riconosco. Lo rifiuto.» Si sbottona la giacca preziosa e rimane in camicia, mentre declama: «Nessun onore, ma il dovere. Di Giacomo Farinelli, cugino, carbonaro.»

---

[6] Foscolo fuggì da Milano la notte del 30 marzo 1815, inseguito dalla polizia austriaca. Dopo un anno in Svizzera, dal settembre 1816 risiedette a Londra, dove morì nel 1827.

4
Nel vicolo

È talmente buio che le pare di essere caduta nel pozzo oscuro di un sogno. Le braccia e le gambe sono intorpidite, ma Matilde vuole rimanere sveglia. Si ripete mille volte: «Non ti addormentare, su, non ti addormentare.»

Non passa anima viva in quella piccola strada. Anima viva no, ma forse qualche fantasma, qualche creatura notturna... Rabbrividisce. Non deve pensare a queste cose. Invece deve cercare di stare sveglia, di riflettere, di aspettare. Dove sarà andato Giacomo? Che cosa c'è oltre la porta di quella che sembra una casa abbandonata?

Un fischio. Matilde si appiattisce contro il muro. Qualcuno passa in fretta, sente i passi attutiti di piedi scalzi sul selciato, un leggero ansimare. Spera di non essere vista.

Ripensa alla sua bravata. Si è nascosta nel piccolo studio accanto alla porticina sul retro del palazzo, quella usata a volte dai servitori. Sapeva che suo fratello sarebbe uscito nel corso del ricevimento, come il giovedì precedente. E stavolta l'avrebbe seguito.

Lo ha visto passare nel corridoio, prendere la cappa, dirigersi con circospezione verso la porta. Appena è uscito, si è precipitata dietro di lui. Mentre aspettava, si era avvolta nel mantello blu notte con il cappuccio, l'ideale per non dare nell'occhio. Suo fratello camminava spedito, evitando le vie principali, e lei l'aveva seguito come un'ombra, il cuore in gola per la paura. Ma c'era tanta gente per strada! Non avrebbe mai immaginato che la notte fosse così viva. Da sotto il cappuccio lanciava fugaci occhiate ai giovani scalzi, alle donne sedute davanti ai portoni, ai bambini coperti di stracci. E poi il fragore delle carrozze, e la luce di fiaccole, lanterne e persino falò accesi sui marciapiedi.

D'un tratto Giacomo era sparito, inghiottito dal buio di un vicolo. E Matilde non aveva esitato a imboccarlo. Ringraziava il cielo di avere ai piedi le pantofoline di velluto che non facevano rumore, mentre davanti a lei c'era l'inconfondibile ticchettio delle scarpe del fratello.

Su su per quel budello maleodorante. Ma davvero qualcuno viveva qui? Porte chiuse ovunque, e dalle poche aperte uscivano odori insopportabili. Anche le voci, le parole, erano incomprensibili: una lingua gutturale, tronca, gridata da stridule voci femminili.

Il buio era così fitto che le pareva di procedere

al modo dei ciechi dietro i passi di Giacomo. Finalmente si era fermato, e lei, il cuore che batteva fortissimo, aveva visto aprirsi un portoncino malandato, e Giacomo sparire all'interno. Poi silenzio, oscurità.

Quanto tempo è passato? Un minuto o un'ora? Ma forse sta sognando. Tra poco si sveglierà nel suo letto, sotto la trapunta azzurra, nella camera riscaldata dal braciere...

Un rumore la fa sobbalzare, si accorge di essersi quasi assopita sullo scalino su cui si è seduta. Dal portone escono alcune persone, in silenzio. Aspetta che si allontanino, senza perdere di vista il fratello. Lo ha riconosciuto subito dalla scia di colonia che le è passata accanto.

Sta parlando con qualcuno, a voce bassissima. Ma, nel silenzio della notte, i discorsi le giungono nitidi.

Una giovane voce che non conosce dice in tono concitato: «Con il tuo appoggio avrei avuto maggiori possibilità di far passare la proposta. Invece ha vinto il solito moderatismo di Ignazio De Caro.»

E Giacomo risponde: «Vincenzo ha in mano l'assemblea, la proposta non sarebbe passata comunque. Anche se è un repubblicano convinto, Vincenzo procede per gradi. Sa che in torno alla Costituzione c'è un consenso molto largo, anche tra la nobiltà. Perciò si concentra su questo: una Costituzione all'inglese.»

«Io credo che sia proprio questo il problema.» La voce sconosciuta è rabbiosa. «La tua classe sociale rappresenta un freno per l'autentico spirito repubblicano.»

Giacomo risponde con freddezza: «Non è questione di rango, lo sai bene, ma di sentimento.»

«E di convenienza... Con la repubblica saremmo tutti uguali, senza privilegi, ricchezze... O nomi!»

La risposta è brusca: «Siamo uguali di fatto e di diritto. La natura non fa distinzioni.»

«Bella teoria. Ma nella realtà le cose sono molto diverse.»

«Nella realtà attuale.» Il tono di Giacomo è tagliente. «Ma è appunto quella che noi e altri stiamo tentando di cambiare. O dimentichi l'articolo due della Dichiarazione dei Diritti dell'Uomo[7]?»

L'altro cita velocemente: «'Il fine di ogni associazione politica è la conservazione dei diritti naturali e imprescrittibili dell'uomo.'»

Giacomo lo interrompe, calcando bene le parole: «'Questi diritti sono: la libertà, la proprietà, la sicurezza e la resistenza all'oppressione!'»

Nella foga, si è fermato per pochi istanti. Un sussurro lo fa sobbalzare: «Giacomo...»

Il ragazzo si volta e vede un'ombra come di un grosso pipistrello, immobile contro un muro. La mano corre alla tasca, dove tiene nascosta una pistola. Anche se la voce sembra di donna o di bambino, e non è minacciosa ma supplichevole, potrebbe trattarsi di una trappola, un pericolo. Ma l'ombra si fa avanti e si attacca al collo di Giacomo, singhiozzando.

---

[7] Dichiarazione dei Diritti dell'Uomo, approvata il 26 agosto 1789 dall'Assemblea nazionale francese.

Lui è rimasto di sasso. Vorrebbe sciogliere le braccia che lo stringono, ma la figuretta grida tra le lacrime: «Giacomo, sono io! Sono io!»

Ha un tuffo al cuore: «Oh, Dio!»

Stringe a sé la figuretta tremante. Carlo si inquieta.

«Che succede, Giacomo? Chi è?»

L'altro scuote la testa. «Santo Cielo... È mia sorella.»

La strada è troppo buia e malsicura, meglio non fermarsi a lungo. Il gruppetto procede svelto fino a uno slargo, poi prosegue rasente ai muri, in silenzio. Matilde ha smesso di piangere e, stretta al fianco del fratello, ne percepisce lo stupore, il timore, la rabbia.

Infine sono sul retro del palazzo. È un sollievo vedere la porticina che si apre. Giacomo afferra un mozzicone di candela, l'accende appena è dentro. Ha un'espressione feroce, mentre ordina: «Va' subito di sopra, va'!»

Matilde è imbacuccata nel mantello pesante, il cappuccio tirato fin sugli occhi. Prima di voltarsi, lancia un'occhiata al ragazzo che li ha accompagnati. Nella luce tremolante della candela appare un viso pallido e bellissimo, come di una statua antica: occhi cupi, labbra strette, capelli ricci che spiovono sulle guance. La fissa senza vederla, nascosta com'è dal cappuccio.

«Va'!» le ripete il fratello, adirato.

Lei si ritira svelta, mentre Giacomo sussurra a Carlo, prima che la porta si chiuda: «Da 'Voiello', domani.»

5
Il segreto di Giacomo

«Adesso mi spiegherai che cosa facevi per strada di notte.»

Matilde, che ormai si è ripresa, incrocia le braccia con aria di sfida: «Tu pure eri per strada, mi pare!»

In camera giunge l'eco del solito pianto notturno. Giacomo abbassa la voce, come se rischiasse di essere sentito dalla piccola, su nelle stanze della servitù.

«Non rivoltare la frittata. Mi hai seguito?»

«Sì.»

Lui rimane interdetto per un istante: «Perché? E come ci sei riuscita? Nessuno ti ha vista uscire?»

Matilde alza le spalle, sorride con aria furba. «Credi che a me piacciano, questi ricevimenti? Quattro vecchi imparruccati, i soliti pettegolezzi... E la cugina Margherita con le sue arie da gran dama...»

«Dunque?» Giacomo tronca il discorso, accigliato.

«Ti ho tenuto d'occhio. Non è la prima volta che sparisci, quando maman riceve» sorride lei. «Ma non ti sei accorto che ero uscita dal salone prima di te: ho detto che avevo mal di testa e che mi ritiravo. Invece mi sono nascosta nel salottino sul retro e sono uscita dopo di te dalla porta della servitù.»

Giacomo scuote la testa: «Non sapevi di correre gravi rischi? La notte i vicoli sono pieni di ladri, assassini...»

«Che sciocchezze dici! Non sono una bambina!» si ribella Matilde, che pure al ricordo dell'attesa nel vicolo rabbrividisce di terrore.

«Non sono sciocchezze.»

Matilde alza appena la voce: «E tu, allora? I ladri e gli assassini non ti fanno paura?»

Il fratello le fa segno di abbassare la voce e lei obbedisce, ma non vuole tacere e prosegue, infervorata: «Che ci facevi in quella casa? E chi era quel giovane?»

«Non posso spiegartelo» ribatte lui, con stizza.

Matilde alza gli occhi al cielo e sbuffa: «Ah, sempre questa frase, questi misteri! E a forza di sotterfugi e sparizioni, rischi di farti scoprire anche da papà! Se ti ho seguito io...»

Giacomo sembra agitato. Fa pochi passi verso la porta, poi torna indietro, con le mani dietro la schiena e la fronte aggrottata. «Devi giurare che non farai parola con nessuno di questa notte!»

«Giurare è peccato» ride Matilde.

Giacomo si siede accanto a lei sul letto, il bel viso ha un'espressione furente. «Giura!»

«Giurerò...» la sorella abbassa gli occhi e li rialza subito con aria maliziosa «Se mi dici il tuo segreto.»

Lui le afferra un polso. «Non azzardarti a ricattarmi!»

«Vuoi che mi metta a urlare?» sibila lei con prontezza.

Giacomo molla la presa e si alza di nuovo. Cerca di controllare l'ira e sbotta, a voce bassa: «Sei una testa matta! Una vipera!»

«Non sono una vipera! Voglio la verità! Sono stufa di essere comandata da tutti, anche da te che parli di libertà e di uguaglianza!»

«Sssh... Calma, Tilli.» Il fratello si è ripreso. «Ma chi ti ha messo in testa queste cose?»

«Chi?» Lo guarda stupita. «Tu!»

«E ch'aggio fatt'io?» chiede lui, scivolando nel dialetto.

«'O maestro» risponde lei. Ma ormai si è calmata e sorride.

Giacomo scuote la testa, sospira. Sta per arrendersi. «In quella casa, in quel vicolo... si riunisce una società segreta. E quel giovane ch'era con me è uno dei membri, un vero patriota.»

«Una società segreta!»

«Abbassa la voce, e anche l'entusiasmo» la rimprovera, lanciando un'occhiata alla porta. «Non è un gioco. Siamo rivoluzionari, e se la polizia borbonica ci scopre, ci arresta tutti.»

Matilde spalanca gli occhi. «Oh, Dio! Rivoluzionari! Se papà lo viene a sapere...»

Pensa ai genitori, così fedeli al re e alla regina. Il padre sarebbe capace di consegnare Giacomo alle guardie con le proprie mani, senza alcuna pietà. È un uomo rigido, sprezzante. Dai figli si aspetta obbedienza assoluta, ne ha deciso il destino fin da bambini. E la madre, una duchessa francese il cui nonno è stato ghigliottinato dai giacobini, oserebbe mai difendere un figlio rivoluzionario?

«Non lo saprà nessuno» dice il fratello con decisione. «Fino al momento opportuno, almeno. Siamo in molti, e organizzati. Le nostre idee circolano in tutta Italia e nel resto d'Europa. Nessuno può fermare la storia.»

Matilde lo guarda pensierosa. «Sì, va bene. Ma possono fermare te.»

«Che sciocchezza.» Il viso del ragazzo si accende di entusiasmo. «E comunque, se anche mi accadesse qualcosa, i miei compagni andranno avanti, sempre più numerosi, sempre meglio organizzati. Le file della Carboneria si ingrossano di giorno in giorno!»

«Carboneria!» sussurra lei, un po' confusa. «Perché un nome tanto bizzarro?»

«Un nome che indica il nostro compito: sotterraneo, oscuro, ma necessario per scaldare il mondo...»

Matilde alza gli occhi al cielo. «Giacomo, hai sbagliato mestiere! Tu sei un poeta, non un carbonaro!»

Lui sorride. «Molti di noi sono poeti, filosofi, letterati. Perché siamo uniti dall'amore per la libertà, e perché vogliamo poter dire e scrivere quello che pensiamo.» Giacomo prende una mano della sorella. «Cara Matilde, tu vivi chiusa tra queste quattro mura, non puoi sapere quello che succede fuori. A Napoli non c'è libertà. Re Ferdinando ci ha proibito fin quasi di respirare!»

«Per me cambia poco. Io vivo già prigioniera» commenta lei, fosca. Poi si illumina: «Ci sono donne nella vostra società?»

«Donne? Che ti salta in mente!» Le lascia la mano, tra sorpresa e fastidio.

«Perché? È forse... proibito?» L'ultima parola la sottolinea con ironia.

«Nessuna proibizione» ribatte lui, secco. «È troppo pericoloso per una donna, ecco tutto. È come essere in guerra.»

«Ma non siete un esercito, giusto? Siete un gruppo di persone che ragionano... letterati, politici, non soldati.»

«Ma se ce ne fosse bisogno...»

«Quando ce n'è bisogno, chiunque può diventare un soldato!» lo interrompe lei. «Come Giovanna d'Arco!»

«Che razza di paragone!» Giacomo la fissa sbalordito. «Matilde, dove vuoi arrivare?»

«Voglio far parte della Carboneria.» Lo dice con tale naturalezza che il fratello rimane muto per qualche secondo. La ragazza solleva fieramente la testa. «Anch'io desidero la libertà.»

«Non sai quello che dici. Forse mi sono spiegato male. La libertà che cerco, che la Carboneria vuole... è la libertà del popolo, non delle singole persone.»

La sorella alza le spalle. «E il popolo non è fatto di singole persone? Di uomini e di donne? E in quel popolo non ci sono anch'io?»

«Sì, ci sei, ma non voglio che tu corra inutilmente dei rischi. Che mai potresti fare per la nostra causa? Tu, una bambina...» La bacia su una guancia. «Adesso dormi, mia cara.»

Matilde non replica e lo osserva uscire dalla stanza. Appoggia la testa sul cuscino e pensa: Anch'io sarò carbonara. Vedrai.

6
Guai per Carlo

Carlo si affretta per la viuzza, stringendo sotto il braccio un plico arrivato stanotte, con la barca che porta merci di contrabbando e, tra queste, libri proibiti, giornali stranieri, pubblicazioni al bando, lettere di molti fuoriusciti. I contrabbandieri hanno ottimi rapporti con le navi inglesi che controllano tutto il Mediterraneo. A Napoli si può avere ogni cosa, in barba alla polizia borbonica e ai decreti di Ferdinando, sovrano del Regno delle Due Sicilie! Un nome roboante per uno staterello che non ha nemmeno una flotta decente!

Mentre loro, i cugini, lottano per una Costituzione all'inglese, gli inglesi se ne infischiano dei piccoli regni italiani. Così pensa Carlo, tornando a casa. Del resto, perché impantanarsi negli affari della penisola, quando l'Inghilterra è una potenza di primo piano e ha il dominio assoluto del mare?

Varca la soglia del caseggiato popolare dove aleggia sempre un untuoso odore di fritto. I bambini schiamazzano e si rincorrono, scalzi. La mano corre alla tasca, in cerca della chiave. Ha appena aperto la porta del piccolo appartamento che l'affittacamere gli viene incontro, un po' affannata. È una donna piccola e talmente grassa da aver perso ogni proporzione: una specie di enorme sacco da cui escono i piedi gonfi, chiusi in pantofole sformate. Il tono è aggressivo, come al solito: «Signurì, vi aspetta qualcuno in camera vostra.»

«Qualcuno?» Carlo si acciglia. «Chi è?»

«I' nun saccio niente. Sapete che non voglio ospiti, in casa mia. L'ho fatto passare perché mi disse che è papà vostro.»

«Mio padre?» Carlo, stupito, lancia un'occhiata alla porta di camera sua, che in quel momento si apre. Si affaccia un uomo piuttosto basso, magro, quasi completamente calvo.

«Papà!» Carlo si lancia verso di lui, ma l'altro si ritrae in fretta, come se si difendesse da un attacco.

Il ragazzo entra e chiude la porta in faccia alla curiosità della padrona di casa. Poi si volta, il cuore che batte forte, e dice: «Buongiorno, papà.»

L'uomo non risponde. Si è girato verso la finestra, le mani allacciate dietro la schiena. Indossa un abito da viaggio grigio scuro, la borsa è su una sedia, dove è appoggiato anche il bastone e il cappello è attaccato alla spalliera. Carlo registra questi particolari pensando: Da quanto tempo è qui?

Il viaggio fino a Napoli dalla piccola città pugliese è lunghissimo e sfibrante. Ricorda quando hanno percorso insieme quella strada per la prima volta, un anno prima. Allora suo padre lo aveva accompagnato per iscriverlo all'università e per trovare un alloggio decoroso. Avevano dormito in locande sporche, in camere maleodoranti. Dopo quasi due giorni di sobbalzi, grida del postiglione, lamenti degli altri viaggiatori, caldo, polvere, la vista del tramonto dietro il Vesuvio era stata come un'apparizione soprannaturale.

A giudicare dal soprabito e dalla borsa da viaggio, papà dev'essere venuto direttamente lì, senza prima fermarsi in una pensione e rinfrescarsi un po'. Forse per questo appare stanco e adirato.

Mentre era solo nella stanza, che cosa avrà fatto? Avrà osservato la misera mobilia, i libri impilati sul tavolo e sopra al comodino? Suo padre legge a fatica, per fortuna non può capire il contenuto di quei volumi, si dice Carlo, che è rimasto in piedi, il plico sotto il braccio. Si aspetta sorpresa e sdegno per quella povera camera, presa in affitto qualche mese fa. La grande stanza con vista sul mare era troppo cara, e poi, che importanza ha il panorama? Certo, nella lettera scritta a casa aveva dato una descrizione un po' diversa: 'Ho trovato un alloggio più confacente alle mie abitudini, vicino alla Facoltà e sufficientemente grande...'

L'uomo si volta, l'espressione ostile. «Dov'eri?»

«Sono andato a prendere un pacco di libri... Ma se mi aveste avvertito del vostro arrivo...»

Un gesto secco lo interrompe: «Meglio così!»

Di nuovo silenzio. Il padre è sempre di poche parole, a meno che non sia in negozio, quando scambia battute con i clienti e scherza addirittura. In casa, però, non ride mai.

«Dunque è così che vivi» dice, con una nota di disprezzo nella voce. «E i miei quattrini, che fine fanno?»

«Papà, gli studi, i libri...»

«Ah, già, libri!» annuisce l'uomo. L'espressione è furibonda. «Libri! Studio! Ma il tuo professore mi ha detto che non hai buoni voti!»

«Siete stato all'università?»

L'uomo non trattiene più l'ira, si avvicina e gli sferra un manrovescio. Carlo vacilla, il plico gli cade di mano. Di riflesso gli occhi si riempiono di lacrime. Che scena curiosa: lui, un ragazzo alto e robusto, schiaffeggiato da un ometto piccolo e anziano.

«Mi dispiace...» mormora.

«Ah, ti dispiace? A me e a tua madre dispiace anche di più!» L'uomo cerca con gli occhi l'altra sedia e vi si abbandona, con un sospiro.

Carlo è rimasto in piedi, una mano sulla guancia. Osserva il padre che sembra divenuto più piccolo, con le mani appoggiate sulle ginocchia, la schiena incurvata. «Ma perché ti comporti così? Non pensi alla tua famiglia che fa tanti sacrifici?»

«No, io... Lo so, papà. Lo so che l'università è

importante per tutti, per te e mammà, per i miei fratelli...»

«Eh, i fratelli tuoi, sì... Loro lavorano da quand'erano piccoli. Giordano è vent'anni che sta a negozio. E Marisella, pure lei, era bambina quando ha cominciato. Vito, Nenna, Eusebio» li nomina contando sulle dita, quasi per ricordarli tutti, i cinque fratelli più grandi che lavorano nei negozi e nella filatoria, tutti sposati, alcuni con figli che presto entreranno in bottega.

Pensando a loro, che si alzano alle cinque di mattina e faticano tutto il giorno, Carlo prova una fitta di rimorso.

«Tu sei qua per studiare, farci onore,» lo ammonisce il padre «e ti trovo a vivere da disgraziato... conciato come uno straccione: i capelli lunghi, la giacca lisa e i pantaloni sporchi.»

Carlo non osa replicare. Come potrebbe capire, suo padre, che i capelli lunghi li portano tutti e che l'università non è la sala da ballo di re Ferdinando?

«Papà, vi assicuro che non state buttando via i vostri soldi» dice a un tratto, con fierezza. «Ho avuto tre note di biasimo, ma i voti non sono poi così cattivi. Frequento gente che non bada ai miei abiti né alla mia provenienza. E alcuni sono anche nobili, gente ricca.»

«Frequenti i nobili!» Il padre scuote la testa. «Non è una cosa buona. Quelli cadono sempre in piedi!»

Carlo ha un moto di insofferenza: «Non è come ai vostri tempi! Qui tutto sta cambiando.»

«E proprio così si diceva ai tempi miei.» Suo padre è sempre più irritato. «Prima i giacobini e poi Napoleone. Ma cosa cambiarono? Via un re, ne venne un altro, e per di più straniero.»

«Stavolta non dovrà esserci un altro re» ribatte il ragazzo.

«Che dici?» Il padre lo fissa. Si alza dalla sedia e si avvicina minaccioso. «Sei diventato giacobino, per caso?» Gli afferra un polso, l'espressione feroce. «Tu parti subito con me.»

«Non potete obbligarmi» replica Carlo, battagliero. «Ho sedici anni, sono un uomo!»

«Sono tuo padre e mi devi obbedienza!» si inasprisce l'uomo.

Ma adesso Carlo sente di sovrastarlo, con la sua altezza, la sua giovinezza, la sua forza.

«Come figlio, vi devo rispetto. Come individuo, sono libero e non vi devo nulla.»

La mano del padre corre verso il bastone appoggiato alla sedia, lo afferra. «Parole da bestia!» urla, e fa il gesto di colpire. Con una sola mano, Carlo lo blocca a metà strada.

Un bussare frenetico e la voce della padrona di casa: «Che succede? Chiamo i gendarmi!»

Il bastone si abbassa. Carlo si affretta a socchiudere la porta. «State calma, signo'. Non è successo niente.»

Una sbirciata all'interno e la donna vede il padre del suo pensionante di nuovo girato verso la finestra.

«Non voglio confusione in casa mia» strilla. Ma l'uomo non si volta neppure. Quando Carlo richiude la porta, il padre raccoglie in fretta cappello, bastone e borsa, a testa bassa, evitando lo sguardo del figlio.

«Vi accompagno, papà» mormora Carlo, confuso.

«Non mi chiamare papà» replica il padre con durezza. Alza il viso, gli occhi sono pieni di lacrime mentre sbotta: «Sei della razza di Caino!»

7
Il salotto Sanfelice

La cantina 'Voiello' è male illuminata, il fumo delle lampade a olio fa bruciare gli occhi. Ai tavoli di legno, gente del porto, pescatori, marinai, ragazzi che fanno contrabbando, vecchi un po' brilli. Carlo è seduto in un angolo e, i gomiti appoggiati sul tavolo, rigira tra le mani un bicchiere di stagno. Giacomo chiede se ci sono i vermicelli al sugo di pesce. Il ragazzino che ha preso le ordinazioni si allontana e Carlo sbotta: «Mi taglierà i viveri!»

Giacomo alza una spalla. «E allora? A cosa servono gli amici?»

«Non posso accettare soldi da nessuno.» Lo sguardo si incupisce. «Non voglio metterti in mezzo.»

«Ma figuriamoci! Non possiamo permettere che te ne vada da Napoli: abbiamo bisogno di te.»

«Lavorerò.»

«Come? Nel contrabbando? O al mercato a scaricare casse? Non avrai tempo per gli studi e per la società.» Il tono di Giacomo è quasi paterno.

Ma Carlo scuote la testa e dice con fierezza: «Non preoccuparti per me. Non ho bisogno di qualcuno che mi dica cosa devo fare.»

In silenzio, Giacomo riempie i bicchieri di vino rosso e alza il suo. «Ma lo sai che ti invidio? Adesso sei veramente libero, non rispondi a nessuno di quello che fai. Alla salute della tua nuova vita!»

«Alla salute!» Carlo si rasserena un po'.

Arrivano i vermicelli e il ragazzo scopre di avere una fame da lupo. Da quand'è che non mangia? Da stamattina, forse. Dopo l'incontro con il padre, che lo ha sconvolto, ha camminato in lungo e in largo per la città, perso nei propri pensieri. E in torno a lui formicolava l'umanità di Napoli, le donne enormi, i giovani guappi, i bambini straccioni, le ragazze bellissime, i bancarellari che cantavano e urlavano a squarciagola, le guardie borboniche, i notabili in tuba...

Passando per i vicoli dai quali il cielo si intravede appena, con lunghe file di panni stesi da finestra a finestra, era giunto infine a Pizzofalcone, alla chiesa di Santa Maria degli Angeli, e si era fermato a guardare il mare. E la distesa azzurra, oltre il porto, oltre i velieri, lo aveva calmato.

Giacomo ordina ancora del vino e butta lì con noncuranza: «Stasera ci aspettano al salotto Sanfelice.»

«Come sarebbe a dire 'ci aspettano'?»

«Aspettano noi due, caro cugino.» Sottolinea la parola con enfasi. «Vedrai: non è il solito salotto. Mariantonia riceve le persone più colte, le migliori teste di Napoli.»

Carlo si acciglia. «Non credo di avere un abito adatto.»

«Abbiamo più o meno la stessa taglia, mi pare» osserva l'altro. «Passeremo da casa mia e potrai scegliere quello che vuoi.»

«Non credo che...»

«Non puoi dire sempre e solo di no!» lo interrompe Giacomo. «Che vuoi che sia un abito? Un lasciapassare per poter incontrare gente come Galluppi.»

«Ci sarà anche lui?» si accende Carlo.

«Forse. Ma Vincenzo Cuoco di sicuro.»

Due ore dopo, i ragazzi si presentano al salotto Sanfelice come Giacomo Farinelli e suo cugino Carlo De Meo. Indossano entrambi il frac con calzoni bianchi e giacca nera attillata in vita, secondo la nuova moda inglese.

«Chi sono?» chiede sottovoce una signora, osservandoli con l'occhialino.

«Il giovane Farinelli» risponde un'amica, accanto a lei. «E suo cugino, il barone De Meo.»

«Non somiglia affatto al padre, questo Farinelli. Così bello! Lui e il cugino sembrano i Dioscuri, figli di Giove.»

«Di che cosa state ridendo?» interviene una giovane signora.

«Ma niente! Parlavamo di mitologia!»

Nel salotto la discussione ruota intorno alla fondazione di una rivista letteraria, destinata a far conoscere ai napoletani le idee nuove che circolano in Europa.

«Non illudiamoci: rischiamo la fine del *Conciliatore* di Vincenzo Ferrario. È sopravvissuto appena un anno» commenta qualcuno.

«Tredici mesi, per la precisione» interviene un altro, con aria saccente. «Gli ultimi numeri sono dello scorso ottobre.»

Le domande si accavallano. «Ma non è quel giornale milanese censurato dalla polizia austriaca? Di', Ludovico, ci sono gli articoli di Silvio Pellico? È vero che ci scriveva anche Alessandro Manzoni, il poeta?»

«Manzoni? Ah, no! Ha appena pubblicato una tragedia, *Il conte di Carmagnola,* ho giusto ordinato il libro...» si pavoneggia l'interpellato.

«Chi è?» chiede Carlo all'amico.

«È un letterato, pare stia scrivendo un romanzo... è entusiasta del Romanticismo, dell'arte che si ispira al popolo, alla sua voce, alle sue tradizioni...»

L'uomo sta facendo sfoggio delle sue conoscenze letterarie. «Negli ultimi numeri del *Conciliatore* gli articoli venivano pubblicati con spazi bianchi e puntini di sospensione: per far capire dov'era intervenuta la mano dei censori!»

«Ma perché? C'erano attacchi agli austriaci?» chiede un giovane accanto a lui.

«Figurarsi! Il giornale parlava di letteratura...

ma è lo spirito romantico che spinge alla libertà, al nuovo, e propone un'arte che nasce dalla vita» s'infervora il letterato.

«Le solite fandonie» lo interrompe un uomo anziano, che si è avvicinato al gruppo. «L'arte che nasce dalla vita e che parla al popolo! Continuiamo a cullarci in questi ideali.»

Il suo intervento crea un certo imbarazzo, che il padrone di casa cerca di superare facendo ricorso all'ironia. «Ah, il nostro Vincenzo è sempre lo stesso! Signori, immagino conosciate tutti Vincenzo Cuoco, filosofo e storico della rivoluzione napoletana del 1799!»

Dai più giovani salgono brusii ammirati.

«Ma quale filosofo!» si ribella l'altro, seccato. «Vent'anni di esilio mi hanno fatto capire che sono proprio i filosofi a non capir nulla del mondo!»

«Come potete dirlo!» Giacomo si sente colpito in prima persona. «Voi avete sostenuto l'importanza dell'educazione per tutta la vostra vita!»

«Ho sostenuto e sostengo ancora la necessità di educare il popolo» ribatte Cuoco. «Ma le nuove idee circolano soltanto in salotti come questo, e qui rimangono. Idee astratte, ispirate da usi e leggi stranieri... Come quelle romantiche, venute dalla Germania e dall'Inghilterra. E questo proprio mentre l'Inghilterra persegue soltanto una politica di dominio, come tutti gli Stati. Vi piace la sua Costituzione? Bene, informatevi sulle condizioni di vita a Londra! Forse il popolo inglese soffre più dei napoletani.» E l'uomo lancia un'occhiata triste a Giacomo e Carlo. «Alla vostra età anch'io pensavo che si potesse cambiare il mondo, ma alla fine è il mondo che ha piegato me.»

8
Emozioni per Matilde

È notte quando Giacomo e Carlo rientrano a palazzo Farinelli. In carrozza si sono scambiati i primi commenti sulla serata. Carlo era perplesso. «Vincenzo Cuoco mi ha deluso. È... inacidito.»

«Fa gli stessi discorsi di mio padre» commenta Giacomo, accigliato. «L'Inghilterra? Barbari e straccioni! La Germania? E cosa ci possono insegnare, questi tedeschi?»

Ora salgono le scale del palazzo in silenzio, fino alle stanze di Giacomo. Carlo non ha voluto saperne di tenersi l'abito e vuole cambiarsi. Giacomo sta accendendo le candele sul candelabro del cassettone, quando si sente bussare sommessamente.

Carlo si nasconde dietro un paravento, mentre l'altro si avvicina alla porta.

«Aprimi, su!» È la voce di Matilde.

Giacomo alza gli occhi al cielo: ma non dormono mai le sue sorelle! Una diffonde per casa il suo miagolio notturno, l'altra non fa che spiare e appostarsi dietro gli angoli.

«Che c'è?» mormora, socchiudendo appena la porta.

«Fammi entrare. Ti ho visto salire le scale con qualcuno!»

«Va' subito in camera tua! Devi smetterla di spiarmi!»

«Io non ti spio!» Il sussurro è arrabbiato. «Stavo andando a prendermi un bicchiere d'acqua e ti ho visto rientrare con un'altra persona.»

Una rapida occhiata alla sorella: è vestita di tutto punto. «Perché non sei in camicia da notte? Non eri a letto?»

«Sono rimasta alzata a leggere. Fammi entrare! Cos'è? Nascondi qualcuno?»

«Senti, Matilde...» attacca il ragazzo, stufo.

«Più rimango qui e peggio è, potrebbe sentirci madame D'Aubry... o papà.»

Il fratello apre la porta e lei si infila dentro, soddisfatta. Si guarda intorno, e Giacomo si rivolge al paravento: «Esci pure, è soltanto mia sorella.»

Carlo ha già indossato la solita giacca e i vecchi pantaloni. China la testa. «Signorina...»

«È Carlo De Meo, un amico carissimo. Mia sorella Matilde» li presenta Giacomo.

Matilde ha riconosciuto il viso della sera prima, e abbassa gli occhi. Il cuore prende a batterle forte. «Sono lietissima di conoscervi» mormora.

Giacomo prende una candela. «Ti accompagno giù» dice all'amico. «Sperando che questa peste non abbia svegliato tutta la casa.»

Prima di uscire, Carlo le rivolge un sorriso. «Arrivederci, Matilde.»

'Arrivederci', vorrebbe dire lei, ma riesce solo a sorridere come una sciocca.

Che figura! Che figura!, si ripete mille volte mentre torna in camera sua. In fondo si trattava solo di un ragazzo vestito poveramente, e lei non è riuscita neppure a tendergli la mano, o a rispondere a tono. Poteva esclamare: Addio, Carlo. Figuriamoci, le ha detto: 'Arrivederci'! Ma quando mai si rivedranno? Se sua madre sapesse che Giacomo, il suo *petit prince*, frequenta certa gente!

Si guarda allo specchio e arrossisce: Che figura! Io, Matilde Farinelli, mi sono fatta confondere da uno qualunque!

La mattina dopo è ancora a letto che ripensa alla figuraccia notturna, quando sua madre entra come un ciclone.

«Matilde, *que faites-vous, encore au lit*? Non vi sentite bene? Davvero non avete niente? *Bien*... ho una notizia *formidable*. Tu e Giacomo siete finalmente invitati! Capite? A corte!»

Matilde tira via le lenzuola e si siede sul letto, con un'esclamazione di gioia. La madre è euforica: le mette persino le mani sulle spalle, un gesto a cui si abbandona raramente.

«Ho dato disposizioni perché venga la sarta.

Non c'è tempo da perdere, abbiamo solo una settimana... *une semaine, mon Dieu*!»

«Potrò scegliere l'abito che voglio?»

«*Mais oui*!» si lascia sfuggire la madre, ma si corregge subito. «Purché sia di buon gusto. Madame D'Aubry vi darà una mano. E poi... Bisognerà fare qualcosa per i vostri capelli. Pettinata così sembrate una bambina... e avete già quattordici anni! Su, vestitevi mentre vado a dare la notizia a vostro fratello.»

Matilde lancia un'occhiata allo specchio: vede una ragazzina dalle guance tonde e lunghe trecce castane, in camicia da notte con le maniche lunghe. Sua madre, una volta tanto, ha ragione: per il suo debutto a corte dovrà diventare una donna. Bellissima, elegantissima.

Ha già in mente l'abito. Ne vuole uno all'ultima moda, con le trine e la gonna ampia, come quelli che ha visto al Parco indosso alle ragazze più eleganti. E vuole un colore acceso: un bel rosso, perché non ne può più di quegli azzurrini e rosa e bianchi da ragazzina. Poi scarpette di raso dello stesso colore dell'abito, una borsetta di seta e guanti ricamati... Le pare di impazzire di gioia: è la prima volta che va a una festa ufficiale, un ricevimento a corte!

«Matilde.» La voce laconica di madame D'Aubry la risveglia dalle sue fantasticherie. «*Vous avez entendu votre mère?* Dobbiamo affrettarci a scegliere la stoffa e il modello, far venire la pettinatrice...»

Pochi minuti ed è pronta per uscire. Lo sbattere improvviso di una porta la sorprende mentre sta scendendo la scala insieme a madame, e poi vede Giacomo che attraversa a lunghe falcate il corridoio.

«Giacomo! Tornate immediatamente qui!» La voce di maman ha un accento stridulo.

Suo fratello non si ferma e infila di corsa le scale. Mentre le passa accanto, prova a trattenerlo per un braccio. «Giacomo! Ma che succede?»

«Io a corte non ci vengo! Neanche morto!»

È già in fondo allo scalone, ed esce senza neppure prendere cappello e mantello.

«*Mon Dieu*» mormora appena madame D'Aubry, con aria scandalizzata.

Dall'alto arrivano voci concitate: «I sali, presto! La signora sta male!»

9
Azione sovversiva

Carlo soppesa l'orologio e la catena. Quanto potranno valere? Riuscirà a tirarci fuori qualche ducato, tanto da tirare avanti mentre cerca un lavoro?

Camminando, scruta spesso il cielo: una nuvola lunga e scura sta sospesa appena sopra il mare, come un gigantesco uccello addormentato. La giornata è umida e sembra che la nube sia lì, sorniona, in attesa di coprire la città e scatenare una bufera.

Un'altra, ben peggiore, scoppierà in facoltà non appena verranno scoperti i volantini che ha nascosto in vari punti. È uscito presto, stamani, con il pacco dei fogli sotto la cappa. Aveva individuato da giorni i luoghi strategici: l'aula dei professori, la sala delle lauree, l'aula di storia antica, e naturalmente il gabinetto, dove i pitali sono celati dentro grandi cassoni.

Il posto più difficile è stato la sala dei professori, vietata agli studenti, dove c'è sempre qualche insegnante che si ferma a fumare la pipa, slacciarsi il panciotto e togliersi la parrucca. Il ritorno all'uso della parrucca non è stato per niente gradito al corpo insegnante. Ma come si erano adeguati a eliminare i volumi più recenti per adottare nuovamente i testi prenapoleonici, si sono rassegnati anche a questa scomodità.

Cosa non si fa per sopravvivere, pensava Carlo, seminando volantini nell'aula di storia, deserta. Quello della sopravvivenza, adesso, era un problema anche per lui. Con Giacomo l'aveva fatta facile, ma che lavoro poteva inventarsi? Lezioni di latino, per esempio, e anche di storia, belle lettere... Certo, in genere i precettori erano sacerdoti, ma poteva farsi introdurre da Giacomo in qualche famiglia altolocata. Altrimenti... Segretario in uno studio? Fattorino? Aveva continuato a pensarci anche mentre spiava la sala dei professori.

Alla fine, aveva scelto il momento in cui la stanza era strapiena e gli insegnanti chiacchieravano tra loro o leggevano. Era entrato con una pila di libri, come se dovesse consegnarli a qualcuno, quindi aveva depositato alcuni volumi su un tavolinetto, altri su una mensola. E ne aveva approfittato per infilare i fogli in un grosso vaso, senza che nessuno lo degnasse di un'occhiata. Poi era uscito dalla facoltà.

Anche quella mattina avrebbe saltato le lezioni. Pazienza. Ha problemi più urgenti da risolvere, adesso: sta andando al Monte di Pietà, deciso a impegnare l'orologio e la catena.

Quando prende la strada del ritorno, Carlo è profondamente avvilito. L'orologio ha fruttato ben poco denaro: quegli strozzini del Monte di Pietà! E il resto del tempo se n'è andato in inutili richieste di lavoro: troppo vecchio e istruito per fare il fattorino, troppo giovane e poco istruito per fare il segretario. Si è rivolto a un istituto religioso, poi a un altro, a un parroco, alle suore: insegnante di latino? Non ce n'è bisogno. E poi le famiglie benestanti preferiscono precettori più anziani e con esperienza, non un ragazzo come lui.

La padrona di casa gli si para davanti: «È la seconda volta che avete una visita.» Stavolta non ha l'aria ostile, anzi. «Ho fatto accomodare sua signoria nel salotto.»

Sua signoria? Carlo la fissa sbalordito e lei sorride, tutta uno zucchero. Poi lo precede in quello che chiama 'salotto': uno stanzone buio che tiene sempre chiuso a chiave e in cui non entra mai nessuno. I mobili, scuri e ricoperti di panni, sembrano non appartenere alla casa, ma sistemati lì durante uno sgombero.

Prima di aprire la porta, si prende la briga di bussare: addirittura! E quando apre lo fa con cautela. Carlo nota che ha spalancato la finestra e tirato le tende per far entrare la luce. Anche i vecchi lenzuoli stesi a protezione dei divani sono stati tolti in fretta e furia.

Al centro della stanza, interrotto nel suo camminare avanti e indietro, c'è Giacomo. La donna entra e si inchina. I due ragazzi si scambiano un abbraccio, poi Giacomo fa: «Signora Teresa, vuol essere così gentile da lasciarci soli?»

«Come desidera la signoria vostra.» La vecchia indietreggia con un sorriso che va da un orecchio all'altro.

«Come hai fatto ad ammansirla?» chiede Carlo, quando la porta del salotto si richiude con identica cautela. L'altro alza le spalle. «Non voleva farmi entrare, allora le ho detto il mio nome e ho sganciato qualche moneta.» Ha l'aria cupa e parla nervosamente. Carlo vede la giacca buttata sul divano, e sul tavolino un vassoio con la caffettiera e una tazzina di porcellana a fiori.

«È tanto che aspetti?» si informa.

«Un po'. La vecchia mi ha detto che saresti rientrato presto.»

«Ma se non le dico mai a che ora rientro! È un caso che sia arrivato ora... Ero stufo di girare per le strade. A te com'è andata?» Si riferisce alla distribuzione dei volantini, ma Giacomo ha altro per la testa e mormora tra sé: «È una cosa da pazzi...»

Carlo sussulta: «Ti hanno scoperto?»

«Scoperto?» chiede l'altro, perplesso.

«Ma sì, i volantini!» ribatte l'amico, preoccupato.

«Ah, quelli! Ma no... tutto bene! Figurati, li ho messi persino nella cattedra del professore. Bella sorpresa, quando aprirà i cassetti!»

Carlo sorride. «Li ho sistemati anche in sala insegnanti.»

«Complimenti! Faremo un bel po' di rumore, non credi?»

«Ma non sei venuto per questo, immagino.»

«Ah, no!» Giacomo sospira, si lascia cadere sul divano. «Senti questa: sono invitato a corte. Un ricevimento, una cosa in pompa magna. Per i miei non è una novità, ma io finora non ero tenuto ad andarci. Stavolta, invece...»

Carlo lo guarda stupefatto: una festa a palazzo, in presenza del re!

«Non ho alcuna intenzione di andarci» taglia corto Giacomo, accigliato.

«Ma tuo padre cosa dirà?»

«Può anche frustarmi, se crede» ribatte l'altro, spavaldo. «Non mi fa paura.»

«Sarebbe meglio andare. Il tuo rifiuto darebbe nell'occhio, e non è proprio il momento di farsi notare, con la faccenda dei volantini in corso...»

Giacomo rimane in silenzio pochi istanti, poi scuote la testa. «Non posso sopportare l'idea di inchinarmi di fronte a quel buffone! Non so nemmeno se sarei capace di fingere! Ma se proprio devo...» un lampo gli accende lo sguardo «...allora verrai con me.»

«Io? Ma tu sei matto!» Carlo si mette a ridere. «E come mi presenteresti, sentiamo? Credi che stavolta se la berrebbero, la storia del cugino barone?»

Giacomo alza una spalla. «Perché no?»

«Senti, non mi mettere in mezzo.» Carlo alza le mani. «Ho già i miei problemi.»

«Una visita a corte è quello che ci vuole per risolverli. Ti presenterò a qualche nobildonna, farò i tuoi elogi... Magari ne verrà fuori un posto di precettore. Che ne pensi?»

Carlo ha un tono brusco: «Ti ho già detto di non preoccuparti, so badare a me stesso.»

«Senza una raccomandazione, non troverai lavoro nemmeno come facchino» dice Giacomo, tranquillo, mentre si alza e prende la giacca. «Vado ad affrontare la bestia. Gli dirò che andrò a corte solo a patto di portare con me un amico.»

«Quale bestia?»

«Mio padre. Non ti stupire: è davvero una bestia.» Sospira. «Se fosse per lui non andrei certo all'università, ma passerei le mie giornate a cavallo, al tavolo da gioco, o a caccia...» Prima di avviarsi verso la porta gli mette una mano sul braccio e sorride. «Del resto, avrai il piacere di conoscerlo.»

«Giacomo, lasciami fuori da questa faccenda.»

«Ti prego!» Il bel viso del ragazzo si contrae in una smorfia. «Se mi dici di no, dovrai venirmi a trovare a Sant'Elmo[8]. Perché se mi tocca andare da solo, non rispondo di me.»

[8] Fortezza che veniva usata come prigione (N.d.A.).

10
Interrogatorio

Il capitano va e viene per la stanza come una tigre in gabbia, le mani allacciate dietro la schiena, le dita dell'una che si aprono e si chiudono sull'altra, ritmicamente.

I volantini sono ammucchiati sul tavolo. Lo sguardo dell'uomo li sfiora appena, poi torna a volgersi verso il pavimento. I professori sono stati interrogati subito. Molti avevano l'aria terrorizzata, altri sembravano furiosi per quanto era successo. Non era difficile capire che non poteva essere stato qualcuno di loro. Troppo codardi per un'azione del genere.

Il capitano si è già fatto una sua idea: questa bravata è opera di un gruppo di studenti. Il linguaggio del volantino, con quell'ingenuo appello finale, per non parlare dei luoghi in cui sono stati trovati i fogli, fanno immediatamente pensare a giovani sovversivi stupidamente idealisti. Adesso il suo compito è quello di stanarli.

Operazione difficile, ma non impossibile. Dopo tanti anni di lavoro nella polizia segreta borbonica, il capitano non ha neppure bisogno di porre domande, minacciare, usare sottigliezze. All'inizio pensava che l'interrogatorio si basasse sull'esercizio della parola e della forza. Adesso ha capito che è il silenzio a far emergere la verità. L'interrogato parla, spiega, dice sempre troppo. Si rovina da solo, con le sue stesse chiacchiere.

Finora, i ragazzi che gli sono passati sotto gli occhi avevano tutta l'aria di essere dei perfetti imbecilli. Imbecilli, ma probabilmente innocenti.

«Io non so nulla, sono arrivato in ritardo, eccellenza!» ha esordito un ragazzotto, prima ancora che gli si chiedesse qualcosa.

«Io ho trovato questi fogli nel gabinetto e ho subito avvertito...» si è affrettato a dire un altro.

«Eccellenza, vorrei far notare che la mia è una famiglia importante... Io non m'interesso di politica... non ho neanche letto quel che c'è scritto...»

Figli di papà, damerini che passano il tempo tra i salotti e i tavoli delle carte, oppure rampolli della borghesia di provincia, ansiosi di tornare a casa con uno straccio di titolo accademico. Un solo sguardo penetrante li smonta, li fa tremare. E poi l'ingresso di Saro, il suo aspetto truce, la parlata volgare, le mani grandi come badili pronte a distribuire colpi e ceffoni, li terrorizza. Far entrare a metà interrogatorio il capo delle guardie è una tattica che funziona: dopo un po' anche il più restio a parlare è pronto a confessare tutto, perfino malefatte che non ha mai commesso.

Un rapido bussare lo distoglie dalle riflessioni. Entra una guardia impettita, con un giovane accanto. Questo è un po' di verso dagli altri, non porta abiti eleganti, non ha l'aria contrita, spersa o intimorita.

Il capitano lo fissa, gli intima: «Sedete!»

Carlo obbedisce e si ritrova a guardare l'uomo dal basso, in condizioni di evidente inferiorità. È giovane questo sbirro, pensa il ragazzo, me l'aspettavo più anziano. Mentre scruta l'uomo in divisa si rende conto che, stranamente, non prova alcuna paura, anche se il capitano ha un'espressione cupa e torreggia su di lui. La stanza odora di chiuso, i volantini sono ammucchiati sul tavolo e la guardia che lo ha fatto entrare è rima sta impalata sulla porta.

Il capitano chiede: «Vi chiamate?»

«Carlo De Meo» è l'asciutta risposta.

L'ufficiale lo squadra e si limita a dire: «Dunque?»

Carlo assume un'aria interrogativa e non risponde. Si aspettava una serie di domande circostanziate e si è preparato a dare risposte precise, secche.

L'altro lo fissa ancora. «È stato divertente?»

«Che cosa?»

«Le domande le faccio io. Rispondi.» La voce si è alzata di tono. Ora l'ufficiale gli dà del tu, con disprezzo.

«Non capisco di cosa parlate.»

«Ah, non capisci...»

Un lungo silenzio, l'uomo lo guarda. Carlo comincia a sentirsi a disagio, ha una specie di languore allo stomaco. Che succederà adesso? Verrà picchiato? Incatenato? Sembra che lo sbirro sappia tutto, non fa domande, si dirige al tavolo e prende uno dei fogli. Chiede con calma: «Hai agito da solo?»

Carlo si stupisce della sua voce, che gli pare appena più stridula, mentre ribadisce: «Scusate, continuo a non capire.»

L'uomo si avvicina, sorride con espressione gelida. «Ma guarda che giovanotto coraggioso. Così coraggioso, magari, da aver introdotto dei fogli sediziosi nei locali dell'università. Voi che ne dite, sergente?»

Un uomo enorme, stempiato, in divisa, sembra quasi materializzarsi dal nulla. Il viso pallido e grasso ha un'espressione annoiata. Senza il minimo preavviso, il graduato si avventa sul ragazzo. «Ti farò sputare quello che sai, fetente!»

Il cuore di Carlo sobbalza. L'uomo lo prende per la giubba e lo solleva di peso dalla sedia. Il capitano si appoggia al tavolo, con l'aria e la posa di uno spettatore blandamente interessato. Ora Carlo ha paura, ma resta impassibile e non grida, neppure quando il sergente lo schiaffeggia.

«Lasciatelo.» L'ordine è pacato, ma il sergente molla subito la presa, facendo ripiombare Carlo sulla sedia, come un sacco.

Il capitano torna al 'voi', ma il tono è ironico: «Perdonatelo, è un uomo impulsivo.» Poi il viso s'indurisce. «Bene, signor Carlo De Meo. È tutto. Potete andare.»

Carlo si alza, si aggiusta la giacca e, nel tentativo di fare un'uscita dignitosa, prima di voltarsi pronuncia un secco: « Addio.»

Il capitano non risponde, lo osserva uscire dalla stanza. Poi si rivolge al sergente: «Fatelo seguire.»

L'altro sbatte i tacchi ed esce. Dalla parte più buia della stanza emerge un ufficiale che porta la divisa immacolata dell'esercito austriaco. Gli occhi chiarissimi fissano il capitano. Con forte accento tedesco scandisce con lentezza: «È diverso dagli altri. Sembrava consapevole del rischio e capace di affrontarlo. Potrebbe essere stato lui. Perché non lo avete arrestato?»

L'altro scuote la testa. «Non servirebbe a nulla. Tramite lui, sempre che fossimo riusciti a farlo parlare, potrei arrivare sì e no a un'altra decina di ragazzi. E poi? Sono pesci piccoli, questi. Dobbiamo mettere le mani sui capi.»

L'ufficiale annuisce. «Avete ragione, capitano Chiaromonte.» Un breve attimo di pausa, un sopracciglio che si inarca, poi l'austriaco aggiunge: «Ormai la struttura è chiara: i piccoli gruppi, quelli che chiamano 'vendite locali', hanno al massimo una ventina di membri. Ma è la 'grande vendita' che emana gli ordini, il gruppo ristretto dei capi.»

«Bisogna vedere a che livello è questo Carlo De Meo. Sempre che sia davvero un carbonaro, si capisce» riflette il capitano. «Appena entrati nella Carboneria, conoscono solo una minima parte della struttura. Solo dopo il periodo di prova diventano 'maestri' e hanno contatti con il livello più alto del l'organizzazione.»

L'austriaco accenna un sorriso che somiglia a una smorfia. «Sono convinti di essere migliaia, protetti dalla clandestinità. Invece sono quattro gatti, e lasciano tracce dappertutto.» Alza la mano e la chiude con forza. «Presto li avremo in pugno!»

11
Punizione

Matilde si rimira allo specchio: è davvero cambiata. I capelli arricciati dalla pettinatrice sono lucidi e soffici, raccolti sulla nuca in uno chignon con fiorellini e perle, e cadono in boccoli sulla fronte e sopra le orecchie. L'abito di seta ha la gonna ampia, le maniche a sbuffo e una guarnizione a cordone che parte dalle spalle e scende fino all'orlo. Certo, non è rosso. Sul colore ogni discussione è stata inutile. È rosa pesca, ma la stoffa crea effetti cangianti sotto la luce.

Comunque, Matilde è soddisfatta. Quell'abito è il risultato di una vera e propria lotta con sua madre, che le voleva imporre un vestito vecchio stampo, liscio, con le pieghe dietro. Una copia scialba di quello che indosserà lei, scuro, con il collo di pizzo, niente scollatura, la collana preziosa che cade sul petto, i pendenti di brillanti alle orecchie. Per convincere maman è intervenuta anche la signora Sparano, la sarta. «Scegliamo un modello nuovo, che faccia risaltare il collo e la vita sottile. L'abito dev'essere un po' più ricco, la tunica non va più...»

Per le scarpe non c'è stato niente da fare: Matilde avrebbe voluto quelle con l'allacciatura fino alla caviglia, ma maman ha deciso per un modello più classico, a pantofolina.

Ogni dettaglio dell'abito e dell'acconciatura è stato discusso, tra proteste, pianti, musi lunghi, scenate. Giacomo crede davvero di essere l'unico a sostenere una guerra familiare? Matilde non sa bene che cos'è successo durante il colloquio con papà, nello studio. C'era l'assoluta proibizione di avvicinarsi, e il maggiordomo ha fatto il cane da guardia per tutto il tempo. Quando è tornato in camera sua, il fratello aveva il viso in fiamme, gli occhi lucidi. Aveva pianto? Matilde si era avvicinata, ma lui le aveva quasi chiuso la porta in faccia: «Lasciami stare.»

Giacomo è nella sua stanza, da solo, e ripensa a quel terribile colloquio. Suo padre in piedi accanto al camino spento, il frustino in mano. Poche parole: aveva già deciso di punirlo. Per il malore procurato a sua madre, per essere uscito di casa senza spiegazioni, per aver osato accennare a un rifiuto, per aver dato scandalo... Lui, il principe Farinelli! Che cosa gli insegnano al l'università? A cosa servono i libri, se poi non sa comportarsi degnamente? Che si ficchi bene in testa qual è il suo dovere di nobiluomo e di figlio. E se non ne è capace, glielo farà capire lui.

Gli aveva intimato di togliersi la camicia, e Giacomo era rimasto a torso nudo, lo sguardo sprezzante.

La prima frustata l'aveva lasciato senza fiato. Una fiammata sulla schiena per un istante gli era parso di essere rimasto cieco, era calato il buio, poi gli occhi gli si erano riempiti di lacrime. D'istinto, si era sollevato per difendersi, ma ecco arrivare la seconda frustata. Stavolta aveva urlato di dolore. Suo padre si era fermato solo dopo che Giacomo aveva cominciato a vomitare. Lo sforzo l'aveva fatto sudare e si era seduto alla scrivania dorata, visibilmente stanco.

Non una parola di pietà mentre il ragazzo singhiozzava, rannicchiato sul pavimento. Poi, un ordine: «Alzatevi.»

A Giacomo era sembrato di averci impiegato un'eternità, per trovare finalmente la forza di rialzarsi. Gli tremavano le gambe e le braccia, la schiena gli doleva in modo insopportabile. Suo padre aveva aperto l'armadio per tirarne fuori una brocca e un catino, in silenzio. Giacomo si era lavato il viso, le braccia. Poi si era rimesso la camicia e il panciotto, soffocando un grido quando la stoffa aveva sfiorato le ferite.

«Andate.» Suo padre gli aveva fatto un cenno sprezzante, come a un servo.

Era uscito dalla stanza come un sonnambulo, sentendosi mancare la terra sotto i piedi. Era tornato in camera meccanica mente, svuotato di ogni forza e volontà.

Più tardi era venuta la domestica a medicarlo. Gli spalmava le ferite di unguento e piangeva: «Signorino mio bello, ah, povero signorino!»

Adesso al dolore andava sostituendosi a poco a poco una rabbia enorme e impotente.

Infine, ecco sua madre. L'espressione inorridita, un fiume di parole balbettate in francese, quasi incomprensibili. Parole di scusa.

«*Maman, je vous en prie,* vi prego» Giacomo prende un'aria altezzosa. Lei ha lo sguardo smarrito, gli occhi pieni di lacrime. «Vi chiedo un'unica cortesia.» Sua madre lo fissa annuendo: qualunque cosa. «Al ricevimento a corte verrò con un amico. Carlo De Meo. Convincerete vostro marito.»

E giura a sé stesso che da quel momento in poi non pronuncerà più la parola 'papà'.

12
Ricevimento di corte

Non sto sognando, è tutto vero, pensa Matilde, abbagliata dagli scintillii dei lampadari di cristallo, dalla luce di migliaia di candele, dai marmi dei saloni, dall'oro delle poltrone e dei tavolini. È ubriaca di luce, di meraviglia. Ripensa alla sua figura riflessa nello specchio: saranno all'altezza l'abito, la collana di corallo, il ventaglio di seta? Le dame sfoggiano abiti da sogno, color oro, bianco, azzurro argenteo, con ricami finissimi, trine sulle scollature che scoprono le spalle, guanti lunghi e candidi, diademi e perle sui capelli arricciati. Hanno labbra rosse, pelle bianchissima, e sorridono, sorridono sempre.

Sua madre è impettita, probabilmente fatica a respirare per via del bustino stretto al massimo perché la figura risulti flessuosa nell'abito liscio, a tunica. Si è stampata in faccia un sorriso fisso, non troppo ampio per non evidenziare le rughe intorno agli occhi. Deve essersi esercitata per ore davanti allo specchio.

Papà è un po' torvo, come sempre. Indossa un vecchio abito da cerimonia di damasco con complicati arabeschi d'oro, i calzoni corti e aderenti, le calze bianche. Non ha nessuna intenzione di seguire la nuova moda fatta di abiti scuri e pantaloni lunghi: roba per giovani, per 'borghesi'. È rimasto chiuso in un silenzio cupo per tutto il tragitto in carrozza. Le uniche parole che ha pronunciato erano rivolte al postiglione: «Jamme, Gennarì.»

Forse non ha gradito la presenza di Carlo De Meo. Non lo ha neppure salutato, come se non esistesse. E allora, perché lo ha fatto venire alla festa?

In carrozza, la gamba di Matilde ha inavvertitamente sfiorato quella di Carlo, seduto accanto a lei, di fronte a maman e papà. È rabbrividita e si è voltata per nascondere il rossore, fingendo di guardare dal finestrino i palazzi che scivolavano via, i lampioni tremolanti. Ma ripensava alla figura elegantissima, apparsa poco prima ai piedi dello scalone, di Carlo col frac nero, i capelli pettinati all'indietro, gli occhi sfolgoranti. Aveva un'espressione seria, ma vedendola arrivare le aveva rivolto un sorriso radioso. E lei era rimasta quasi impietrita sugli ultimi scalini. Giacomo doveva aver capito qualcosa perché era scoppiato a ridere, nonostante l'atmosfera glaciale della serata. «Che c'è, sorellina? Su, vieni, ti presento il mio amico Carlo De Meo.»

Si era avvicinato, premendole una mano sul braccio per evitare che sbottasse in un: 'Ma io lo conosco!'

Lei però aveva già capito, non era mica una sprovveduta! «Buonasera, signore.»

«Signorina Matilde.» Le aveva preso la mano e si era inchinato per sfiorarla con le labbra. «Siete incantevole.»

Lei era arrossita. Era sincero, o si trattava di un complimento d'obbligo? Ma com'era bello! Doveva sforzarsi di distogliere lo sguardo, non poteva fissarlo così.

Al ricevimento, ogni tanto gli lancia un'occhiata. Si accorge che guarda le altre ragazze e nota il sorrisetto d'intesa che scambia con Giacomo, la gomitata, il cenno di capo che significano: 'Guarda quella là.'

Ogni dama le sembra una rivale insuperabile, ma alla fine riesce a trovare a tutte qualche difetto che la consola. La bellissima Chiara Giusso, con quella massa di capelli biondo oro, ha una risata volgare; Polissena Serra è elegantissima, ma che naso... Domizia Ruffo scocca occhiate di fuoco ai giovanotti, che sfacciataggine, e sua sorella Ildebranda poi, con quegli occhi sporgenti... È talmente presa dall'osservazione gelosa delle altre, da non accorgersi degli sguardi che le rivolgono diversi invitati.

«Posso avere l'onore del primo ballo?» Un giovane china il capo davanti a lei, sorridendo.

Matilde si riscuote e lo guarda. È un ufficiale alto, bruno, gli occhi scuri, lunghe basette e un sorriso ammaliante. «Oh... quello è già impegnato.» Ricorda, aprendo il carnet, di dover ballare prima con suo fratello e poi con Carlo, che si sono scherzosamente prenotati ancor prima di uscire da casa. «Sono libera per il terzo ballo.» La penna in mano, fa per scrivere il nome dell'uomo che con un colpo di tacchi si presenta: «Capitano Andrea Chiaromonte, ufficiale di sua maestà.»

Il taccuino è pieno di nomi: a malapena ricorda i visi di quelli che l'hanno invitata. E quanti ufficiali austriaci! Non avrebbe mai immaginato di avere tanto successo! E quando la cugina Margherita viene a chiederle con il suo sorrisetto velenoso che cosa ha fatto ai capelli per averli ricci, Matilde si allontana dicendo: «Scusa, ho tutti i balli impegnati!»

Non è un gran ballerino, Carlo. È un po' rigido e non si fa portare dalla musica. Ma ha una voce bellissima e uno sguardo che ipnotizza, quando ti fissa con i suoi luminosi occhi azzurri.

«Matilde, vi ringrazio di aver taciuto sulla mia visita notturna in casa vostra.»

«Non ho fatto niente di particolare.»

Ma che fatica riuscire ad articolare una risposta! Quasi le manca il fiato. Non sembrerà troppo brusca? Forse antipatica?

«Sapete, stasera quasi non vi riconoscevo. Siete davvero affascinante, se mi permettete questo omaggio.»

Lei annuisce, deglutisce, si costringe a rispondere: «Vi ringrazio. Anche voi...» sta quasi per dire 'siete affascinante', poi si riprende. «...Non vi ho quasi riconosciuto.»

«Ah, quest'abito! È di vostro fratello.»

«Non ne avete di vostri?»

Lui si mette a ridere. «Di miei? Non sono né nobile né ricco, sono solo un povero studente.» Le ultime parole hanno una sfumatura ironica.

Ormai Matilde ha preso sicurezza. Inarca le sopracciglia. «Se lo sapesse papà... E mia madre, poi! Sono talmente rigidi e all'antica!»

«Voi però non lo siete affatto, siete una ragazza...» cerca la parola «...Simpatica, adorabile.»

«Adorabile? Non sempre. Sono anche... incostante ed emotiva.»

«Non sono difetti, questi.» La voce è più dolce, adesso. «Anch'io sono incostante... Mi piace l'idea di cambiare! E anch'io sono emotivo, anzi passionale.»

Matilde coglie l'occasione al balzo. «Passionale? Già, ho visto come guardavate Chiara Giusso.»

«Chiara Giusso?»

«Quella ragazza bionda, con l'abito bianco a ricami d'argento. È molto bella. E ha moltissimi ammiratori.»

Carlo cerca di cambiare argomento: «E voi, quanti ne avete?»

«Io?» La musica è appena finita e Matilde si trova a fissare Carlo, un po' spiazzata.

«Permettete? Questo ballo è mio.» Una voce la distrae.

Carlo si acciglia, si irrigidisce. L'ufficiale di fronte a lui socchiude appena gli occhi. «Voi qui?»

«Non vedo perché no. Del resto, anche voi siete qui.» Il tono è tagliente.

Matilde li guarda senza capire. I due si fissano come se volessero sfidarsi a duello.

«Come siete riuscito a intrufolarvi al ricevimento? Vi farò cacciare immediatamente!»

«Non credo proprio. Qui non siamo in caserma.»

«La vedremo!»

«Ma che succede?» si intromette Matilde.

La musica è ricominciata, ma l'ufficiale non reclama più il suo ballo. Gli sguardi cominciano a posarsi su quel terzetto in piedi.

«Perdonate, principessa. Quest'uomo è un intruso. Non può rimanere qui.»

«Ma cosa dite?» Matilde aggrotta la fronte, ostile. «È un nostro amico carissimo, a garantire per lui è la famiglia Farinelli!»

«Forse vi ingannate...» comincia l'ufficiale, con un sorriso gelido.

«No, siete voi a ingannarvi» ribatte lei, secca. Sta quasi per ordinargli di andarsene, quando appare Giacomo.

«Quest'uomo sta insultando Carlo!» esclama lei, furibonda, cercando aiuto. L'ufficiale, per tutta risposta, si presenta: «Capitano Andrea Chiaromonte dell'esercito regio.»

Come sempre in questi casi, Giacomo assume un'aria distaccata. Scandisce bene le parole: «Sono il principe Giacomo Farinelli. E Carlo De

Meo è un caro amico. Vi prego di allontanarvi, capitano.»

Sembra che l'ufficiale stia per sbottare, ma poi batte i tacchi e si allontana. Carlo prende la mano di Matilde. «Vi toccherà ballare di nuovo con me.»

Lei annuisce, il cuore che le batte forte. «Ma che voleva da voi?»

«Non saprei. Deve trattarsi di un malinteso.»

Intanto l'ufficiale, appoggiato alla balaustra della terrazza, cerca di riprendere il controllo di sé e pensa: C'è dentro anche lui, il giovane principe Farinelli.

13
Pedinamento

Ormai l'estate è arrivata, il mare è diventato abbagliante e nei vicoli si soffoca. A tarda mattina i muri emanano ondate di calore: arrivare alla spiaggia è un sollievo.

Il sole picchia sulla testa nuda di Carlo, quando oltrepassa la porta del mercato. Nella piazza gli odori gli vengono incontro e lo avvolgono come nubi di polvere: formaggio e frittura, sterco di bestiame, pesce, verdure, immondizia. Tra i banchi frullano le ali delle galline appese a testa in giù, grugniscono maialetti chiusi in gabbie di legno. Malgrado l'aria secca e il sole, il suolo è coperto da una fanghiglia molle, piena di scarti e frattaglie gettati via.

A quest'ora la frutta e la verdura costano pochissimo. Carlo tasta i pomodori, le prugne.

«Cosa vuoi?» lo apostrofa il mercante, poi lo serve di malavoglia, come se gli seccasse vendere qualcosa. Mentre il ragazzo tira fuori le monete dalla tasca, l'uomo guarda altrove, il naso per aria. Un'occhiata al denaro, poi gli tende il cesto con la frutta.

Il palco con la forca troneggia al centro della piazza. Passandovi accanto Carlo prova una strana sensazione, come un brivido improvviso. Forse per quel brivido, istintivamente si volta e lo vede: un uomo dal decoroso abito borghese, che subito cerca di tuffarsi dietro un banco. I sensi di Carlo si allertano, il cuore accelera il ritmo. Il ragazzo si allontana verso il lato della chiesa, procedendo a zig-zag tra i banchi; aumenta il passo, si confonde tra le comari e i giovani che girellano per il mercato, si volta e vede l'uomo che solleva la testa per individuarlo, e poi gli corre dietro...

Carlo abbandona il canestro con la frutta e scappa via, facendosi strada a spinte e a gomitate.

«Fermo! Fermatelo!» grida l'altro. Qualcuno urla, altri chiedono cosa stia succedendo, forse un furto? L'inseguitore urta malamente un banco di granaglie e un sacco d'orzo cade, spargendo a terra il suo contenuto. Altre grida, e il venditore piomba sull'uomo come un falco.

«Lasciatemi!» ordina quello, furibondo. «Sono un ufficiale di polizia!»

«Potete essere anche un mammasantissima, ma pagherete l'orzo!»

Il poliziotto infila una mano sotto la giacca, estrae una pistola. Il mercante lo molla subito e intorno si fa il vuoto. «Via! Via!» grida l'uomo, mentre scruta oltre le teste. Ma del ragazzo non c'è più traccia.

Via, via lungo la spiaggia. Carlo corre come un matto e finalmente si ferma dietro un muretto, prende fiato, si guarda alle spalle. Erano giorni che sospettava di essere seguito. Ma perché non lo hanno arrestato subito, a casa sua o dalla contessa Vigelmi, dove va a far lezione di latino? È chiaro: attraverso di lui vogliono arrivare ai cugini, all'organizzazione.

Pensa in fretta. A casa non può tornare. Né può chiedere rifugio a qualche compagno, troppo pericoloso per tutti e due. Alla fine prende una decisione e si precipita verso la spiaggia, oltrepassa le reti ammucchiate, i carri del mercato, verso le navi che si dondolano pigre, con le scalette di corda sui fianchi, come lunghe cinture.

Giacomo bussa alla porta con il pomello del bastone. Non fa in tempo a togliersi la feluca che donna Teresa gli è addosso, gridando, mettendosi le mani nei capelli, alzando le braccia in alto e congiungendole in atto di preghiera.

«Ma che è successo?» chiede Giacomo, gli occhi sbarrati per la sorpresa.

Tra i lamenti, la donna infine articola: «Signoria! Signoria! M'hanno disfatto la casa! Venite, venite a vedere!»

Nell'ingresso ci sono oggetti sparsi dappertutto, e la porta del salotto, di solito chiusa, è spalancata: sembra che nella stanza sia passata una tromba d'aria. Il cuore di Giacomo prende a battere forte, mentre passa davanti alla donna e corre in camera di Carlo.

Il materasso è rivoltato e sventrato, gli scaffali vuoti, a terra svolazza qualche foglio bianco. Non c'è più traccia di libri, tavolino e sedie sono a terra, rovesciati. Dalla finestra aperta entra l'aria rovente. Pochi istanti di silenzio e di terrore, poi Giacomo si volta verso la padrona di casa: «E il signor Carlo?»

La donna attacca una specie di piagnucolio, continuando a torcersi le mani: «Ah, non c'era! E non mi dice certo dove va! Ma quelli mi hanno preso a spintoni, gridando. Hanno detto che se non parlavo mi portavano alla Vicaria[9]! E io poveretta che potevo dire, se non so nulla?»

«Quelli chi?» Giacomo afferra la donna per le braccia.

«Le guardie! Erano le guardie!»

Giacomo la lascia, e lei si fa il segno della croce. «L'amico vostro è 'nu fetente, 'nu *giacobbino*! Stategli lontano, signoria!»

Giacomo osserva la stanza spogliata: hanno portato via tutti i libri, i documenti, i giornali. Per fortuna nessuno dei cugini ha mai tenuto fogli con i nomi o gli indirizzi degli altri. Donna Teresa continua a farsi il segno della croce e a lamentarsi.

«Sono rovinata, disgraziata me...»

Giacomo la fissa: «Conto sul vostro assoluto

[9] Famoso carcere (N.d.A.).

silenzio. Non mi avete mai visto qui. Scordatevi il mio nome e il mio viso.»

Tira fuori un paio di monete d'oro dal gilè bianco. La vecchia si attacca alla sua mano e gliela bacia, con l'ardore riservato alla teca di San Gennaro.

14
La retata

È una nottata afosa. L'umidità si insinua nelle case, nelle stanze, negli anfratti, accentua gli odori aspri, ristagna fetida.

Gli ultimi avvenimenti dei primi giorni di luglio hanno messo in allarme l'esercito e la polizia borbonica, ed esaltato i gruppi carbonari: il reparto di cavalleria di stanza a Nola, comandato dal sottotenente Michele Morelli, si è sollevato. Hanno appuntato sulle divise le coccarde azzurre, nere e rosse della Carboneria, gridando pubblicamente: 'Viva la libertà, viva la Costituzione!' Il piccolo esercito è giunto ad Avellino: le notizie cambiano di ora in ora. I rivoltosi arriveranno a Napoli? Saranno arrestati tutti? Il re firmerà la Costituzione? O finirà tutto in breve tempo?

«Dobbiamo facilitare le cose ai cugini di Nola,

chiamare il popolo alla rivolta!» Il viso di Vincenzo è lucido di sudore alla luce delle candele. «Il generale Nugent non rimarrà a guardare ancora per molto. Quel verme prende gli ordini direttamente da Vienna, non da Ferdinando.»

«Le informazioni parlano di un corpo d'armata inviato contro Morelli.» Ignazio tormenta l'elsa della spada da sottufficiale. «È comandata da Carascosa... Era ufficiale di Murat, non sopporta di essere agli ordini di un austriaco... E non nasconde le simpatie per la Costituzione.»

«Guardate che Metternich ha le sue gatte da pelare» commenta Domenico. «A casa loro i soldati presidiano le università, tra un po' chiuderanno anche i giornali delle parrocchie. Ve lo dico io: tengono paura!»

«Che vuoi dire? Che tengono paura di noi? Sei un illuso!» interviene Grillo. «Università, censura, arresti: sono normali operazioni di polizia, ormai ci siamo abituati.»

Ma Domenico si accende. «Ti sbagli. Se salta Napoli, salta tutta l'Italia!»

Vincenzo è sulle spine. «Tutto dipende dal generale Pepe. So che ha avuto contatti con alcuni maestri e sono mesi che si dice d'accordo per un sollevamento, come in Spagna, ma di fatto non si è deciso nulla.»

«Tu dici che il generale Pepe potrebbe tirarsi indietro? E perché?» chiede Ignazio. «È l'unico che può prendere in mano le redini dell'esercito e della rivolta!»

«Sì, come a Cadice,» interviene pronto Cirillo

«dove i militari si sono ammutinati. A me non va giù che tutta la faccenda sia in mano all'esercito!»

Finora Giacomo è rimasto in silenzio, la fronte aggrottata, ma adesso dà man forte a Grillo. «Neppure a me. E neppure ad alcuni vertici della Carboneria. Sono mesi che le discussioni vanno avanti proprio su questo punto: non si può permettere che la rivoluzione sia interamente gestita dall'esercito.»

«Ma siamo di fronte a un fatto compiuto.» Vincenzo, sempre più accalorato, si asciuga il viso con un fazzoletto. «Questione di giorni, e ci troveremo la cavalleria nel giardino di Palazzo Reale. Intanto noi stiamo qui a discutere.»

«E la polizia borbonica è scatenata: gli arresti non si contano, non c'è un solo posto che sia sicuro.» Domenico gesticola nervosamente. «Ho paura che ci arrivino addosso da un momento all'altro.»

«Uè, Mimì.» Vincenzo alza una spalla, sorride. «Ricordati: chi nun tene che perdere, arriseca!»

Ma Grillo si inalbera: «Vincenzo, tieniti i proverbi per te: qui si decide il destino del popolo, non il nostro!»

«Belle parole, e intanto è già la seconda notte che passiamo a chiacchierare.» Vincenzo si rabbuia. «Non c'è coordinamento tra gruppi. La direzione si limita a osservare gli sviluppi. Davvero sembra che tutti aspettino la decisione di Pepe!»

«Intanto stasera siamo meno del solito.» Giacomo ha un tono funereo. «Di Carlo non si hanno notizie. Da quando è scomparso non si sa neppure se è vivo o morto.»

«Non hai avuto informazioni?»

«Sembra essersi volatilizzato.»

«Se fosse stato arrestato, lo sapremmo» lo rassicura Ignazio. «È probabile che sia scappato da Napoli.»

«Mossa astuta.» Cirillo alza le spalle. «Fuori della capitale ha mille opportunità per unirsi ai cugini.»

«Anche noi dobbiamo partire per Avellino, unirci all'esercito di Morelli!» si infiamma Giacomo, ma Vincenzo lo guarda sornione: «Sì, tu! Nell'esercito! Ma sai sparare?»

«Non tollero altre provocazioni.» Giacomo si alza di scatto. «Ritira quello che hai detto!»

«Perché? Altrimenti mi sfidi a duello, come i damerini tuoi pari?»

Giacomo fa per avventarsi contro di lui, ma un paio di ragazzi lo bloccano. Altrettanti fermano Vincenzo, che ha alzato le mani. E in quel momento si sentono forti colpi alla porta.

«Aprite, polizia!»

I giovani rimangono impietriti per un istante, poi si affrettano a spegnere le candele e a mettere mano alle poche armi a disposizione: la spada di Ignazio, un coltello, assi, pietre... I colpi si sono fatti più serrati e fragorosi: tre, quattro, cinque... E poi la porta cede all'assalto di un'ascia. Le guardie hanno fiaccole in mano, moschetti puntati. Alle loro spalle, la voce del capitano Chiaromonte: «Vi conviene arrendervi. Non avete scampo.»

Per un istante il tempo sembra fermarsi, poi la voce di Vincenzo: «Cugini, stiamo calmi.» E rivolto alle guardie: «Non sparate, ci arrendiamo.»

Le mani lasciano cadere le armi improvvisate. Le guardie si avvicinano, circondano il gruppetto, con calma fanno sfilare i ragazzi fuori della stanza. Il capitano li osserva uno per uno alla luce della torcia.

«Non siete il principe Farinelli, voi?» E di fronte al silenzio del ragazzo: «Vi ordino di rispondere!»

«Sono Giacomo Farinelli del Carro e di San Giusto» scandisce l'altro. Un sopracciglio alzato, il capitano ironizza: «Vedo che amate i bassifondi. La prigione vi piacerà senz'altro.» Un cenno alle guardie: «Portatelo via. Incatenato, si divertirà di più!»

Un colpo improvviso, come una pietra che cade. Un grido, una guardia si porta la mano al braccio. Gli altri si guardano intorno spaventati, i moschetti in alto.

«Giù i fucili o spariamo ancora!» grida una voce dall'alto. Il capitano ha qualche istante di esitazione. I ragazzi restano incerti tra le guardie.

Dalle finestre di fronte si affaccia qualcuno con una torcia in mano, una pistola nell'altra. Altre figure armate spuntano dalla finestra accanto. «Una battaglia in strada non vi conviene, Chiaromonte!» Adesso la voce è inconfondibile.

Il viso da eroe antico emerge dal cono di luce. I giovani carbonari esultano. Il capitano tuona, furibondo: «Carlo De Meo! Ti farò impiccare!»

«Mi dispiace privarvi di questo piacere. Avete perso!» e grida con entusiasmo: «È scoppiata la rivolta! Il generale Pepe sta marciando su Napoli, il re ha firmato la Costituzione!»

Con un urlo di esultanza, i ragazzi strappano i moschetti alle guardie esterrefatte, le spingono verso il muro. Li raggiungono giovani soldati dell'esercito borbonico, le coccarde rosse, azzurre e nere bene in vista sul petto. In giro non c'è nessun altro, sembra che il resto della strada sia deserto. Solo a tratti, qualcuno si affaccia in silenzio per gettare un'occhiata ai giovani che stanno arrestando le guardie di sua maestà.

«De Meo!» grida Vincenzo al compagno, che intanto è sceso in strada.

«Che c'è?»

«Sei 'no fetente!» scherza l'altro, e lo stringe a sé.

«Carlo!» Giacomo lo abbraccia con forza, con le lacrime agli occhi. Riesce solo a dire: «Sei un pazzo! Un pazzo!»

«Ma quale pazzo!» L'espressione di Carlo è esaltata, mentre annuncia le novità: «Questa è una notte storica: domattina re Ferdinando annuncerà la firma della Costituzione, e a giorni il generale Pepe entrerà a Napoli.»

Vincenzo sembra accorgersi solo adesso della giubba militare indossata da Carlo. «Ma tu da dove arrivi?»

«Da Avellino, con il reparto di Michele Morelli. Insieme ai cugini di Salerno, Avellino, Nola. Tutte le città del Regno sono qui, stanotte!»

«Così sei entrato nell'esercito...» osserva Giacomo, perplesso.

Ma Carlo sorride, gli occhi accesi. «È solo una divisa smessa.» Poi indica le coccarde tricolori dei giovani soldati: «Sono loro che sono diventati carbonari.»

15
La rivoluzione

«Dunque, ci siamo di nuovo.»

Maman sospira e si appoggia al cuscino. La piccola ha attaccato una di quelle lagne che si preannunciano lunghissime, a bocca larga e occhi asciutti.

«Rosa, *s'il vous plaît,* per favore, portatela fuori... La testa mi scoppia.»

«Sì, signora.» La tata prova a prendere in braccio la bambina, ma quella si attacca con forza alle gonne della madre. Non vuol saperne di uscire con Rosa: urla e scuote la testa.

La madre allora si piega verso di lei e le stacca dall'abito un ditino alla volta, come se estirpasse una piantina infestante. Appena una mano è libera, le assesta uno schiaffo. Il pianto cambia ritmo, diventa un lungo ululato. La tata si affretta a prendere la bambina tra le braccia e a uscire dalla porta che dà sul giardino.

La dama seduta di fronte alla principessa Farinelli è rimasta impassibile, continuando a sventagliarsi con calma e osservando con riprovazione la piccola che lottava per restare attaccata alla mamma.

«Eh, sì, mia cara, ci siamo di nuovo, ancora questa sceneggiata della rivoluzione!» dice finalmente, adesso che le urla di Maddalena sono un'eco lontana.

Matilde sussulta: la rivoluzione? Credeva che parlassero della sorellina, con quel 'ci siamo di nuovo'. Alza gli occhi dal ricamo.

«E poi, visto chi c'è dietro? Le solite facce! Campochiaro, Gallo, Ricciardi, tutti nostalgici del Murat! Io mi meraviglio del re, che si fa intimorire da una simile feccia!»

Matilde osserva la donna, che esibisce un'espressione orripilata. Ma il disgusto non le impedisce di prendere un altro piccolo bignè alla crema e di mangiarselo con avidità.

«Non capisco niente di politica.» Maman ha l'aria desolata. È curioso, ma dopo tanti anni a Napoli il suo italiano ha ancora un marcato accento francese. «Giovanni Baptista mi dice che è solo un fuoco di paglia, passerà presto.»

«Sì, tuo marito è un ottimista!» L'altra osserva il vassoio dei dolci, scrutando con interesse le sfogliatelle. «Ma stavolta la reggenza è passata al principe Francesco. E quello si è fatto carbonaro!»

«*Quoi? Le prince?* Il figlio del re?» Maman è sbalordita. «Ma non è possibile, è contro il suo interesse.»

«Forse vuole che la gente abbia più libertà» interviene Matilde.

Le due donne si voltano verso di lei. La zia interrompe il solitario sul tavolino a tre gambe, la cugina Margherita alza gli occhi dal piccolo fazzoletto di lino che sta ricamando.

«Matilde, che dite!» la richiama aspramente la madre. Quattro paia di occhi la fissano sconcertati.

«Ho riferito solo quello che a Napoli si dice dappertutto.»

«E voi come lo sapete?» si interessa subito la dama, prima che maman intervenga di nuovo.

Matilde fa un sorriso malizioso. «Marchesa Cataldo... le voci corrono anche qui in campagna.»

«E voi siete pronta ad afferrarle, suppongo!» osserva l'altra, acidamente. «Allora, cos'altro si dice?»

«Che il nuovo governo farà pagare le tasse ai nobili e che verranno aboliti molti privilegi.»

«Ma è del tutto inverosimile... chi vi ha detto queste mostruosità?» La donna smette di sventagliarsi.

«E c'è di più: cominceranno dai marchesati. Niente più terre di proprietà, niente più ville né servitori... e neppure il palco a teatro!»

«Matilde! Adesso basta!» interviene sua madre rabbiosa. «Uscite immediatamente da questa stanza.»

La ragazza si alza in piedi, raccogliendo il suo lavoro. Fa un leggero inchino, come esige la buona educazione. Mentre le quattro donne la fissano in silenzio, esce impettita dal salotto. Sulle scale, la rabbia le ribolle dentro: Brutta scimmia, pensa, vedrai se non succederà quel che ti ho detto! Noi qui a far niente, mentre a Napoli succede di tutto!

In camera, getta il lavoro sulla poltroncina e corre al secrétaire. Sfila il cassetto più in basso e fa correre la mano sul fondo, dove ha nascosto la lettera di suo fratello. Le è arrivata per vie traverse: una cameriera le ha consegnato in tutta segretezza la busta sigillata, portata da un suo parente in viaggio verso Villa Literno... quella lettera dev'essere costata un patrimonio, a Giacomo.

La legge per l'ennesima volta:

Napoli, 23 luglio 1820

Matilde carissima,
il principe Francesco ha appena emesso un proclama che abolisce la censura e riconosce libertà alla Carboneria. La stessa polizia è affidata a un 'cugino', Pasquale Borrelli. Ti immagini la faccia del capitano Chiaromonte? Appena il nuovo governo si è insediato, quello è sparito con gli austriaci, e a quest'ora dev'essere a Vienna.
Qui a Napoli si respira un'altra aria: c'è voglia di cambiare tutto, ci sono entusiasmo, passione, idee. Le famiglie nobili hanno abbandonato il campo: tutti nelle residenze estive, come se niente fosse accaduto. Come se si potessero chiudere gli occhi di fronte alla storia! Invece a Palermo i nobili si sono dati da fare, hanno formato un governo insieme ai rappresentanti del popolo. Hanno nel sangue la libertà!
Dovresti vedere il nostro amico Carlo: è il più attivo, il più instancabile, ho l'impressione che non dorma

mai. Ha contatti diretti con l'esercito perché durante la sua misteriosa sparizione si è unito ai soldati. Mi ha raccontato di essersi fortunosamente imbarcato su un piccolo mercantile, per poi sbarcare a Salerno, contattare i 'cugini' e partire per Avellino insieme a un gruppo di patrioti che aveva raggiunto i reparti ribelli di Michele Morelli e Giuseppe Silvati. Così è arrivato a Napoli insieme all'esercito rivoluzionario! È un vero uomo d'azione, e ha un grande intuito.

Ogni volta che rilegge questa parte, il nome di Carlo la fa tremare, e ne rivede il viso dagli occhi scintillanti. Non può e non vuole restare confinata in quella villa lontana da tutto... lontana da lui. Ormai ha deciso. Tornerà a Napoli di nascosto, raggiungerà il fratello, si unirà ai carbonari. Le sue guance si infiammano al pensiero: Sì, questo è il mio compito, anch'io sarò carbonara!

Come una furia apre l'armadio e si spoglia in fretta, poi indossa l'abito per cavalcare, gli stivali, il cappello scuro. Nasconde la lettera del fratello sotto il corsetto ed esce come se fosse inseguita, col frustino in mano.

Raggiunge la stalla evitando di passare davanti al salotto dove sono riunite le signore. Fa caldo, e l'abito da cavallerizza la fa sudare. Lo stalliere sussulta nel vederla: «Sellami Stellina» ordina lei, brusca.

«Sì, signorina...» L'uomo non discute, ma scuote la testa.

Uscire adesso, con il caldo che fa... la solita follia dei padroni. Con uno sbuffo sella la cavalla pezzata, che sembra essere d'accordo con lui: infatti scrolla appena la criniera e fa qualche passo avanti.

«Buona, su, buona» le sussurra Matilde, carezzandole il collo.

Mentre sale in groppa le pare di vedere il profilo spigoloso di madame D'Aubry che spunta da una finestra. Un colpo di redini e via, mentre le giunge la voce della governante che chiama: «Matilde! *Arrêtez-vous!*»

La casa immersa nel verde è presto lontana, e la polvere della strada si alza in nuvole nell'aria secca. La gonna lunga, gli stivali e il corsetto sono un'insopportabile armatura, e il vento caldo non porta il minimo sollievo alla ragazza che cavalca nella campagna deserta, dove l'unica presenza sembra quella dei grilli che friniscono a migliaia.

Una volta discesa la collinetta, oltre i campi e gli alberi si intravede l'azzurro del mare. Che voglia di togliersi la giacchetta con le maniche lunghe, di rimanere in camicia e gettare via quel cappellone che pare una corona di ferro stretta sulle tempie. Il sudore le cola sulla fronte, sulle labbra, lungo la schiena. Ma, china sul cavallo, non pensa neppure a fermarsi sotto un albero. Ha fretta di arrivare, e poi deve sfruttare il vantaggio: quanto ci metteranno per iniziare a cercarla?

Rallenta un po' l'andatura per far riprendere fiato a Stellina: le posa una mano sul collo, e il sudore del cavallo le bagna il guanto. Ancora poche miglia e la città sarà in vista.

Matilde ha una sete terribile, si sente le labbra

secche, ha il viso pieno di polvere. Adesso si maledice per essere scappata cosi di fretta: poteva prendere con sé una bottiglia d'acqua, o il denaro per comperare un po' di frutta. Prosegue a galoppo moderato, lasciandosi alle spalle i campi, qualche contadino, casali di pietra, muriccioli bianchi che delimitano i confini delle terre.

È pomeriggio inoltrato quando arriva in vista del golfo di Napoli. Il riflesso del sole calante l'abbaglia. Sotto quella sciabolata d'oro, la città appare bianca e gialla, minuscola sotto il cono nero del Vesuvio.

Adesso la strada si riempie di carri, di gente a piedi, di soldati. Matilde si sente meno baldanzosa, si guarda intorno stringendo le redini di Stellina. Guardie dappertutto, e una folla come non ne ha mai vista. Alla porta, un gendarme la blocca. La guarda sfrontato, urlando: «Chi siete? Dove andate?»

«Matilde Farinelli. Vado a casa mia, palazzo Farinelli.»

«E non tenete scorta? Viaggiate sola?» Un cenno a un altro soldato. «Controlla questa qui, viene da fuori.»

Un altro prende le redini di Stellina, le intima: «Scendete!»

Ma Matilde non ha alcuna intenzione di scendere, e la cavalla scalpita innervosita. «Lasciate subito il mio cavallo!»

Intorno la gente urla, la cavalla scalcia, si imbizzarrisce. Matilde tiene strette le redini, il soldato corre via, gli altri si scostano. Confusione, urla, mentre l'animale nitrisce, si solleva sulle gambe posteriori. Poi un tuono assordante, e il cavallo si blocca quasi in aria. Matilde si ritrova a terra, a fissare l'azzurro cupo del cielo senza sapere cos'è successo, com'è finita lì.

Voci, mani che la scuotono. Si alza stordita, le gira tutto attorno. La cavalla è stramazzata, immobile. Tutto ciò non ha senso: chi è questa folla, e perché grida? Una macchia di sangue che si allarga sotto il corpo di Stellina la fa inorridire: Matilde si porta le mani alla bocca, chiama per nome la cavalla. Il soldato che ha sparato ha l'aria allegra, gli altri gli danno pacche sulle spalle. Un tiratore abile: ha ucciso l'animale imbizzarrito con un solo colpo.

La ragazza si getta come una penitente su Stellina, ci sono mani che cercano di staccarla, voci, risate. Lei singhiozza, mentre a forza qualcuno la strappa dalla cavalla e ne trascina via il corpo. La folla la inghiotte, la spinge oltre la porta e giù nei vicoli, mentre Matilde piange e piange, muovendosi come un automa. Senza neppure sapere dov'è diretta, si ritrova davanti a palazzo Sanfelice e picchia i pugni sul portone.

16
Cose da femmine

Giacomo entra trafelato nel salotto del primo piano. Una giovane donna lo accoglie sorridendo. Il ragazzo non saluta neppure, chiede d'un fiato: «Dov'è?»

«In camera, sta bene. Siediti, l'ho già mandata a chiamare, arriva subito.»

Giacomo scuote la testa: «Dev'essere impazzita! Ti rendi conto, Giulia? È scappata di casa! Poteva capitarle qualsiasi cosa.»

«Calmati, è andato tutto bene.» La ragazza aggrotta la fronte. «Un colpo di testa. Di questi tempi siamo un po' tutti sovreccitati, no?»

«Ma chi le avrà messo in mente una cosa del genere... E in famiglia sarà successo il finimondo.»

Giacomo si lascia cadere sul divano, con un sospiro profondo. La ragazza versa dell'acqua fresca da una caraffa, gli porge il bicchiere con gesti placidi. «Mariantonia ha mandato qualcuno ad avvertire tua madre. Te l'ho già detto, è tutto a posto.»

«Per fortuna è venuta subito da voi!»

«A quel che ho capito, si è trovata davanti al portone di casa nostra senza quasi accorgersene. Era sconvolta, sembrava non ragionasse.» Giulia si siede in poltrona, di fronte a Giacomo. Apre un ventaglio e si fa aria. «L'eccitazione della fuga deve averle scosso i nervi. Ma stanotte ha dormito bene. Con questo caldo...»

Giacomo la guarda negli occhi: «Giulia, ti ringrazio moltissimo per tutto quel che hai fatto.»

Lei arrossisce, abbassa lo sguardo. «E che sarà mai? Il merito è di mio fratello e di sua moglie. Si sono occupati subito di tutto.» Rialza gli occhi, ancora imbarazzata. «Io ho solo tenuto compagnia a Matilde. È il minimo che potessi fare per un amico come te.»

«Sei stata gentilissima.»

Un lieve bussare e appare il maggiordomo. Dietro di lui, Matilde, appena vede il fratello, si lascia sfuggire un singhiozzo. Giacomo non fa in tempo ad alzarsi che la sorella è già tra le sue braccia, piangente. Giulia si alza e senza dire una parola esce dalla stanza, facendo cenno al domestico di chiudere le porte e lasciare soli i due fratelli.

«Su, coraggio. Adesso siamo insieme, è finita...» mormora il ragazzo, accarezzandole i capelli. Parole di conforto, anche se per strada aveva deciso di rimproverare a dovere quella sventata.

La mattina presto è venuta la cameriera di casa Sanfelice a tirarlo giù dal letto. Giacomo si era coricato tardissimo e, ancora intontito, non riusciva a capire: Matilde dai Sanfelice? Che ci faceva da sola a Napoli? Si era vestito in fretta e furia ed era uscito di volata, pensando: Dev'essere impazzita! Ma farà i conti con me!

Adesso, mentre abbraccia la sorella tremante come una foglia, la rabbia è già svanita, lasciando il posto alla tenerezza. E gli esce un affettuoso: «Su, Tilli, adesso mi racconterai perché hai fatto una simile bravata...»

Lei si soffia il naso più volte, sospira, poi sorride. La gioia di rivedere Giacomo spazza via le ultime lacrime. Indossa un vestito di Giulia che le va un po' largo e la fa sembrare più fragile e piccola di quel che è.

«Volevo raggiungerti. Oh, Giacomo, non potevo più rimanere in campagna come una reclusa... mentre qui succedono tante cose!»

Il fratello aggrotta la fronte. «Non hai pensato al pericolo? Come ti è venuto in mente di arrivare fin qui da sola, in giorni come questi?»

«Credevo che ti avrei trovato a casa... Ma poi è successa una cosa terribile... Stellina...» Le mancano le parole, le salgono di nuovo le lacrime agli occhi.

«Che è successo a Stellina?»

«I soldati... l'hanno uccisa!» Matilde si nasconde il viso tra le mani e non riesce a dire altro.

«Tilli, Tilli... La rivoluzione non è una festa... Non è una cosa da femmine, ecco. Le strade sono piene di soldati, si temono le reazioni degli austriaci... E tu arrivi qui come Cenerentola che va al ballo!»

Lei solleva il viso, asciugandosi in fretta le lacrime con il dorso delle mani: «Ma Giulia e la famiglia Sanfelice... Loro sono qui.»

«La famiglia Sanfelice non ha voluto abbandonare Napoli in un momento come questo. Raimondo appoggia il governo costituzionale, sua sorella e sua moglie gli sono rimaste accanto.»

«Tu, invece, sei qua da solo.»

Giacomo ride, ma senza allegria. La voce è carica di rabbia mentre spiega: «Tuo padre è nemico del nuovo governo. E io non vivo più in casa vostra. Di fatto, non appartengo più alla famiglia Farinelli, appartengo alla rivoluzione!»

«Ma che stai dicendo?» La sorella sgrana gli occhi. «Che vuoi dire?»

Lui si passa una mano tra i capelli lunghi, che gli ricadono sul viso. «Divido un appartamento con alcuni amici. Non tornerò mai più a casa, e ho chiuso con gli studi. Ci sono cose più importanti e urgenti, adesso.»

«Voglio stare con te!»

«No!» è la risposta decisa di Giacomo. Un no violento come uno schiaffo. La sorella lo fissa sorpresa. «Non se ne discute neppure: tornerai a villa Maia oggi stesso.»

«Non ci voglio tornare!»

«Basta con le follie, Tilli. Questo non è un gioco. Tornerai a casa e cercherai di farti perdonare.»

«Dunque la tua libertà è per pochi eletti!» reagisce lei. «Per grandi menti, grandi uomini, non per femminucce! E chi sarebbero questi uomini? Tu? Carlo? I tuoi amici? Davvero dei gran guerrieri!»

Giacomo prova a interromperla: «Non gridare, per favore, e stai calma...»

Lei è furiosa, rossa in viso. «Ma sì, non urlare, stai buona, rimani a casa, lascia fare a chi ne sa più di te! Questa musica la conosco già, grazie.»

«Tilli, per favore...» Il fratello allarga le braccia, gli occhi al cielo.

«Sei come papà!» grida lei, sapendo di offenderlo. «Anche tu vuoi decidere la vita degli altri. Perché tu sei perfetto, no? Non hai bisogno di nessuno!» La voce le trema, e prima di mettersi a piangere di nuovo, proprio come una bambina, Matilde si dirige verso la porta. «Invece anche tu avrai bisogno di qualcuno, prima o poi! E magari proprio di una femminuccia come me!»

Esce come una furia e pochi istanti dopo riappare Giulia, con un sorriso un po' forzato. Giacomo si porta una mano al petto. «Mi dispiace per questa scena penosa.»

«Non preoccuparti. Matilde ha ancora i nervi scossi. Lasciala pure qui. Vedrai che tuo padre verrà a prenderla presto.»

Il ragazzo annuisce. La parola 'padre' sembra turbarlo, e pare che Giulia Sanfelice se ne accorga, perché gli sorride affettuosa: «Sono sicura che non le dirà nulla. La gioia di vederla sana e salva gli farà dimenticare ogni idea di punizione.»

«Sei così buona.» Giacomo le prende una mano, la bacia. «Ti sono davvero riconoscente.»

Alzando il viso si accorge degli occhi languidi di Giulia, e si irrigidisce. Ah, queste ragazze: sempre a inseguire l'amore e a combinare guai. Scende lo scalone a passi affrettati, già perso dietro ad altri pensieri, alle cose da fare, da dire.

17
Il popolo di Napoli

«Sei sicuro che il posto sia questo?»

Vincenzo annuisce, ha l'aria perplessa. Carlo aggrotta la fronte e si guarda intorno. Manca poco al tramonto e le pietre buttano fuori il calore della giornata. La corte sembra deserta, le case intorno sono silenziose, come in attesa.

Il gruppetto di ragazzi scruta le finestre, le ringhiere. Sono in quattro, con calzoni impolverati, camicie larghe, panciotti aperti, capelli lunghi che arrivano alle spalle. Ignazio è armato della sua spada da cadetto, Vincenzo ha una pistola che fa capolino dalla cintura, Carlo tiene in tasca la sua. Domenico si è rifiutato di portare con sé un'arma, malgrado le raccomandazioni: stanno andando a conoscere il popolo, non ad affrontare un nemico. Già, ma il popolo dov'è? Dalle porte aperte, dalle finestre non viene il minimo rumore, neppure il pianto di un bambino o il miagolio di un gatto. Vincenzo sembra meno sicuro di sé, anche se aveva detto con baldanza: «Ho preso accordi con due lazzaroni, parleremo alla gente del fondaco. Sarà l'inizio, li conquisteremo alla nostra causa.»

Dall'ombra del portico scrostato emergono un paio di figure: due ragazzi magri, vestiti con abiti vistosi.

«Fate parlare me» ordina Vincenzo, e sfodera un bel sorriso. «Amici, siamo noi.»

I due ragazzi si fermano vicini al gruppetto, con aria strafottente. «Che vulite, cavaliè?»

«Siamo venuti per parlare...»

Uno dei due si mette le mani sui fianchi, piega la testa su una spalla. L'aria è di sfida. «E parla, allora.»

Vincenzo cerca di alleggerire l'atmosfera passando al dialetto: «Simmo venuti per parlare con voi da fratello a fratello. Noi combattiamo per la libertà e la giustizia. Vulimmo educare 'o popolo, perché nessuno più lo comandi.»

«E chi ce comanna, a nuie?» lo interrompe il ragazzo. «Nisciuno è cchiu libero 'e me.»

«Che dici? Tutto il popolo appartiene al re, e muore di fame» interviene Carlo, un po' torvo.

«Muore di fame per fa' mangiare a te e a quelli comm'a te» ribatte l'altro, cupo. Vincenzo si intromette per sedare quell'inizio di scontro: «Ma adesso le cose sono cagnate! Simmo fratelli, simmo uguali.»

«Uguali?» L'altro ride, ammicca verso il secondo giovane che finora è stato in silenzio.

Le mosche si posano in continuazione sui visi,

sulle mani, sugli occhi. Ignazio, con quella sua aria impettita da militare, sembra non farci caso. Domenico agita la mano per tentare di scacciarle. I due lazzaroni hanno trovato divertentissima la parola 'uguali', perché continuano a ridere, adesso in modo esagerato, come se recitassero. E d'improvviso altri ragazzi sbucano da quelle che sembravano cantine, da porte apparentemente chiuse. Portano giacche colorate, pantaloni a strisce. Alcuni sono scalzi, altri hanno le scarpe infilate nei piedi nudi. In pochi secondi circondano Vincenzo e i suoi.

D'istinto, Ignazio porta la mano all'elsa della spada. Vincenzo gli lancia un'occhiata, fa un cenno come per dire 'stai calmo'. Carlo si guarda intorno: quanti sono? Una decina? Forse di più? Le espressioni sono spavalde, alcuni ridono, altri li osservano con curiosità. Da vicino si vedono visi e capelli sporchi, abiti lisi, sudici.

«Guagliò, chiste cavalieri vul'esse uguali a nuie!» grida il lazzaro. «E noi li accontentiamo!»

È un attimo: Ignazio estrae la spada, mentre gli straccioni si fanno avanti e cominciano a spingere i quattro amici, a tirarli per la camicia. Carlo non fa in tempo a tirar fuori la pistola dalla tasca che viene gettato a terra, qualcuno gli sfila una scarpa, sente mani che lo frugano in cerca di monete, uno trova la pistola e lui lotta per non farsela portar via. Vincenzo grida, anche lui aggredito da dita che gli prendono l'arma, gli tolgono il gilè e la camicia, frugano nelle tasche. E poi calci, strilli, capelli tirati, mentre pare che gli aggressori aumentino. In un lampo Carlo si accorge che il fondaco si è animato: escono fuori bambini coperti di stracci e donne con i capelli sciolti, che gridano. Domenico viene spogliato quasi del tutto, Vincenzo urla, minaccia, scalcia, Carlo mena pugni, prova a difendersi. Solo Ignazio ha fatto il vuoto intorno a sé, la spada in pugno, e cerca di soccorrere gli amici.

Un'esplosione riempie l'aria. Odore di polvere da sparo e subito dopo un terribile silenzio. I ragazzi aggrappati a Carlo si fermano e lui alza il capo, sconcertato. La prima immagine è quella di una testa rasata di bambino e, oltre quella, Ignazio che si porta le mani al ventre e cade. Il suo urlo è coperto da quello della folla, che in pochi attimi svanisce com'era apparsa. Alla fine rimangono solo Domenico, Vincenzo e Carlo, affannati, mezzi spogliati. Per terra, nella polvere, Ignazio rantola con le mani sulla ferita.

«Non capisco che cosa volevate ottenere!» L'uomo batte un pugno sul tavolo.

I tre ragazzi sono stravolti, ancora mezzi nudi e sporchi. Domenico è in lacrime, Carlo tiene la testa china. Sta a Vincenzo rispondere: «Un contatto con il popolo.»

«Quanta superficiale arroganza!» L'uomo lo fissa, pieno d'ira. «Il popolo! Siete andati in un fondaco armati, per fare cosa? Parlare di politica? Avete rischiato di farvi ammazzare tutti e quattro per le vostre camicie di batista, per le scarpe.» Il tono è tagliente. «Ve la siete cercata.»

«Signore, facciamo parte del comitato per l'educazione. Il nostro compito...» comincia Carlo fieramente.

L'altro lo interrompe con un gesto secco. «Il vostro compito è quello di studiare possibili interventi sociali, non di provocare risse.»

«Ma il governo ha indicato come prioritaria l'educazione del popolo» insiste Carlo. «E noi dobbiamo...»

Un altro gesto frena l'impeto del ragazzo. L'uomo lo fissa, accigliato. «Il governo è concentrato su problemi più urgenti. Palermo è insorta contro di noi: i separatisti hanno respinto la proposta di creare i collegi elettorali. Le cose stanno precipitando. Il generale Pepe è in procinto di partire per la Sicilia.»

Vincenzo sbotta: «Che significa? La guerra contro i fratelli siciliani?»

«Non i fratelli siciliani» replica l'uomo, freddamente. «I traditori siciliani. Non dimentichiamo che il governo costituzionale ha nemici interni, oltre che esterni.»

«Ma non possiamo farci la guerra tra di noi! Andrà a tutto vantaggio del re e dell'Austria!» Vincenzo ha alzato la voce e Carlo aggiunge, con foga: «Finora Metternich non si è mosso perché la nostra rivolta è stata pacifica!»

L'espressione dell'uomo è glaciale. «Mi auguro che queste parole siano dovute alla brutta esperienza che avete appena vissuto. Siete ancora sconvolti, signori.»

Domenico non ce la fa più e mormora: «Ignazio se la caverà?»

L'uomo risponde, asciutto: «Con l'aiuto di Dio.»

Uscendo dal palazzo, Carlo vacilla. Le parole del capo della polizia sono state come macigni. Ignazio rischia la vita per la loro sciocca idea di conoscere il popolo da vicino. Palermo rischia la guerra perché vuole più libertà. E tutti loro rischiano che la rivoluzione finisca come nel teatro dei pupi: botte tra poveri, e il trionfo finale del re.

18
Un'ombra, di notte

È passata la mezzanotte: l'orologio nel corridoio ha battuto i dodici rintocchi, ma Matilde non è riuscita ad addormentarsi. Ha sentito suonare la mezz'ora, e ora aspetta il tocco solitario dell'una.

Il palazzo è silenzioso, di notte Maddalena non piange più. Un vero miracolo, salutato con sollievo dall'intera famiglia... o meglio, da quello che ne è rimasto. Senza Giacomo la casa è più triste, e il volto teso di maman ne rivela la sofferenza. Nessuno ne parla, ma da quando il figlio se n'è andato, la principessa ricorre troppo spesso al laudano. Chissà se è per via di questa atmosfera luttuosa che la bambina ha deciso di concedere un po' di tregua.

Matilde dorme poco e male. Appena riesce a prendere sonno, ecco volti spaventosi e ombre minacciose che vogliono portarla via e farle del male, ecco risuonare urla e rumori orribili. Spesso grida nel sonno, si sveglia di soprassalto con il cuore che batte forte e la paura che ci sia un estraneo in casa. Ma la paura vera è per suo fratello, del quale non sa più nulla.

Da quando la famiglia è rientrata a Napoli, ai primi di ottobre, non ha potuto mettersi in contatto con lui. Suo padre le ha proibito di uscire di casa: l'unica concessione è la messa della domenica mattina, accompagnata da maman e dalla tata che tiene per mano Maddalena.

Poteva andarle peggio: dopo la sua fuga a Napoli, la governante e i servitori non la perdono mai di vista. Ma non ha subìto la punizione terribile che si aspettava e che si era sforzata di immaginare durante il ritorno in carrozza a villa Maia, accanto al principe taciturno e accigliato.

Chiusi in un salottino della villa, padre e figlia erano rimasti in silenzio per un po', finché Matilde, incapace di reggere alla tensione, era scoppiata a piangere.

«La vostra alzata d'ingegno non è stata solo stupida, ma pericolosa. Potevate finire molto male.» La voce di suo padre vibrava di rabbia. «So bene chi è il responsabile di tutta questa follia, ma pagherà caro, vedrete.»

Matilde aveva capito che il principe parlava di Giacomo: ormai non lo nominava più. Le pareva orribile che odiasse tanto il proprio figlio, che si augurasse addirittura di vederlo morto. A quelle dure frasi non aveva potuto far altro che singhiozzare, aspettando di essere giudicata. Ma suo padre non aveva detto altro e se n'era andato, lasciandola lì a piangere finché non erano arrivate madame D'Aubry e maman, che le si era avventata contro affibbiandole due schiaffi e sibilandole parole di disprezzo. Sciocca, ignobile, avventuriera, sciagurata, pazza. Lo aveva detto con gli occhi strabuzzati, il viso stravolto: 'pazza!' Matilde ne aveva avuto paura e per fortuna era accorsa la tata con le gocce calmanti.

Era proprio finita male, la sua fantasia di fare la rivoluzionaria: Giacomo l'aveva rispedita a casa, a vivere da carcerata. Aveva passato i mesi di agosto e settembre controllata a vista: vietato cavalcare, passeggiare da sola in giardino, andare a trovare le amiche. Vietate le lezioni di musica e tutti i libri, tranne quelli religiosi.

Quando infine suo padre aveva deciso di rientrare a Napoli, malgrado la situazione fosse sempre pericolosa, Matilde aveva accolto la notizia con un certo sollievo. Forse in città il controllo si sarebbe allentato, se non altro avrebbe potuto vedere qualcuno. Ma già dal primo giorno era stato chiaro che le visite erano proibite fino al ristabilimento dell'ordine. E ancor di più lo era la circolazione di notizie: che succedeva a Napoli? Qualche frase origliata alle porte, qualche commento sentito giù in cucina, e Matilde aveva avuto l'impressione che la rivoluzione stesse ormai vacillando. L'esercito napoletano era in Sicilia a combattere i rivoltosi palermitani. Non si raccapezzava, ma vedeva un sorrisetto sulle labbra del padre, che ripeteva sempre la stessa frase: «Basta aspettare, e si ammazzeranno tra loro.»

Ecco, è scoccata anche l'una. Matilde si è quasi assopita, ma si risveglia con un vago senso di allarme. La camera è immersa nel buio, e fa fresco. Eppure lei è tutta sudata, vorrebbe alzarsi, aprire la finestra. Non osa, però, come se sotto il letto ci fosse qualcuno pronto ad afferrarla. Allora si fa coraggio, cerca con la mano il lume sul comodino, lo accende. E se stanotte andasse a dormire in camera di Maddalena? Lì c'è anche la tata, l'idea di avere compagnia le dà forza. Si avvia leggera per il corridoio.

Una lama di luce esce dallo studio di suo padre. La curiosità è più forte dei mille timori, delle ombre sul soffitto e sul pavimento. Matilde si avvicina rapida alla porta, con l'idea di sbirciare dalla serratura. Un rumore di passi sulle scale la fa appiattire dietro una colonna. Una candela accesa, e dietro al cameriere di papà si distingue una figura ammantata, il cappuccio calato sulla fronte. Il cuore prende a batterle più forte: chi è il visitatore notturno? E perché va verso lo studio? Un rapido bussare del cameriere e la porta si apre: «Signoria, il comandante Chiaromonte.»

Suo padre non proferisce parola: l'ombra scivola nella stanza e il cameriere chiude la porta, allontanandosi verso le scale.

Matilde è rimasta impietrita. Si chiede: Maria Vergine, sto sognando? Perché papà riceve a notte fonda il capitano Chiaromonte? Anzi, no, è diventato comandante, e di che cosa? Se questo non è un sogno, c'è qualcosa di grave che devo sapere.

Silenziosa, si avvicina alla porta: le due voci stanno confabulando, si capisce poco. Ma l'esperienza di reclusa in casa propria le ha insegnato qualche trucco: mette la mano a cono, avvicina l'orecchio alla porta.

«Non è difficile superare i posti di controllo» sta dicendo la voce nasale del comandante. «Nessuno sa della mia presenza a Napoli.»

«Molto bene. Come ho già scritto al duca von Hopper, la nobiltà napoletana aspetta le decisioni di Vienna.»

«Non tutta la nobiltà napoletana, principe... Il mio compito è stabilire contatti con chi è rimasto fedele ai capisaldi della Santa Alleanza.»

Il principe ha un accesso di tosse, quando riprende a parlare la voce è roca: «Sono pochi i traditori di quei precetti... Il nuovo governo non è in grado di prendere decisioni, lo stesso re Ferdinando ne è consapevole.»

«Né re Ferdinando né il principe Francesco sono riusciti a stroncare o a governare le rivolte del regno. Le concessioni fatte dal re per accontentare i liberali napoletani hanno preoccupato e irritato gli austriaci.»

Farinelli interviene, rabbioso: «L'errore gravissimo è stato quello di non epurare l'esercito da tutti i nostalgici della rivoluzione francese e di Murat! Sono loro che hanno avvelenato i giovani, si sono infiltrati nei salotti, nelle università...»

Il comandante lo interrompe senza troppi riguardi: «Metternich ha già deciso. La prossima settimana, al congresso di Trappau, ci saranno novità entusiasmanti per voi.»

Una breve pausa, ma il principe lo esorta a proseguire: «Dite, dunque.»

«Verrà deciso il principio di intervento in tutti i paesi della Santa Alleanza. Le grandi potenze firmeranno l'accordo, e da quel momento nessuno potrà fermare l'esercito austriaco.»

Il padre di Maddalena rimane silenzioso per pochi attimi: la notizia sembra averlo sconcertato. «Re Ferdinando ne è al corrente?»

«No, naturalmente. Il re non potrà che prenderne atto. Del resto, non ha saputo intervenire in modo adeguato né prima né dopo la rivolta.»

«Sono d'accordo.» Ancora una pausa. «Dite al vostro generale che per quanto mi riguarda sono a sua disposizione. Non vedo l'ora che questa pagliacciata finisca e si torni alla ragione.»

«Un'altra cosa...» Chiaromonte sembra cercare le parole più adatte, ma alla fine va dritto al bersaglio: «Come sapete, vostro figlio collabora con il governo dei rivoltosi. Sta a voi deciderne la sorte.»

Stavolta il principe non ha un attimo di incertezza: «L'ha decisa lui stesso.»

Matilde si allontana svelta dalla porta. Parlavano di Giacomo! Deve assolutamente avvertirlo, raccontargli quello che ha sentito, anche se ha capito poco: un congresso a... Oddio, com'è il nome? Ma il nocciolo è questo: l'esercito austriaco arriverà a Napoli!

In ansia, la ragazza scivola lungo il corridoio come un gatto, allontanandosi furtiva. Il chiarore notturno che entra dalle finestre l'aiuta a ripercorrere la strada verso la sua camera, dove, nel buio più profondo, raggiunge il letto e si sdraia. E qui, aspettando l'alba, cerca di escogitare un modo per incontrare il fratello.

19
L'alleata

La cugina Margherita Popolizio non nasconde un sorrisetto di trionfo mentre esclama: «Matilde carissima! Che piacere vederti!»

Matilde trattiene un moto di insofferenza e cerca di sorridere, mormorando: «Grazie per essere venuta subito.»

«Figurati! È il minimo che potessi fare! Madame D'Aubry mi ha detto che era urgente e così sono uscita senza neanche cambiarmi...»

Matilde fa un lungo sospiro: senza neanche cambiarsi, eh? Ma se Margherita sembra un lampadario, con tutta la roba che si è messa addosso: pendenti, collana, orologino al risvolto della giacca, borsetta di velluto, ombrellino con la catenella d'oro. E poi il rosso sulle guance e qualcosa che rende più lucide le labbra.

Il sospiro, per fortuna, è interpretato come segno di una forte preoccupazione, la stessa che ha spinto Matilde a chiamare sua cugina.

«Ti senti bene?» La ragazza le prende una mano, con l'espressione riservata ai malati incurabili.

Matilde non può fare a meno di notare i delicati guanti di capretto, nuovissimi. A Margherita non sfugge l'occhiata. «Ti piacciono i miei guanti nuovi? Li ho comprati da De Fonseca giusto ieri, appena arrivati da Firenze...»

Se non la blocco subito, è finita, pensa Matilde, prevedendo una chiacchierata interminabile sugli accessori all'ultima moda. Perciò prende un'espressione afflitta e dice: «Ti prego, andiamo nella mia camera, vorrei mostrarti qualcosa.»

Margherita ha l'aria interrogativa ma, incuriosita, la segue lungo il corridoio. Quando Matilde chiude la porta, l'altra si toglie con gesti studiati il cappellino e si guarda intorno.

«Ah, sì, accomodati qui.» Matilde le indica la poltroncina di velluto accanto al secrétaire. «Scusami, ma in salotto ci sono troppe orecchie.»

Margherita ha gli occhi luccicanti di eccitazione. «Ma sai che è tutto molto... come dire... bizzarro?»

La cugina la fissa. «Bizzarro?»

L'altra fa una risatina con la mano davanti alla bocca. «Ma sì, voglio dire... Noi due qui come cospiratrici...»

Un nuovo sospiro. Matilde si siede su uno sgabello, in modo da avere la cugina di fronte, e le prende una mano: «Margherita, senti... io lo so che non siamo mai state molto amiche. E di sicuro per colpa mia...»

L'altra ha smesso di sorridere, la guarda con un misto di curiosità e sospetto. Vorrebbe replicare, in modo educato, che non le piacciono i discorsi così diretti. Che le è preso, a Matilde? Ma lei prosegue, imperterrita: «Non ti sono stata vicina, e forse non c'è mai stata molta intesa tra noi...»

«Ma cosa dici?» Margherita ha l'aria scandalizzata. «Siamo pur cugine!»

«Sì, per questo credo che tu sia l'unica persona in grado di aiutarmi.»

Le stringe appena la mano, l'altra fa un sorrisetto di circostanza: «Per quello che posso...»

Matilde le lascia la mano e sospira di nuovo: «Come ben sai, mi è proibito uscire e persino ricevere, a parte i parenti strettissimi. Ma ho urgente bisogno...» la ragazza si ferma, il cuore le batte più forte, è un rischio, ma non ha altra scelta, e conclude d'un fiato: «...Di vedere mio fratello, di incontrarlo!»

Margherita sembra delusa. Forse sperava in qualcosa di più eccitante: un innamorato segreto, magari un ufficiale... Invece, il fratello! Perciò, senza starci a pensare, si lascia sfuggire: «E io che c'entro?»

«Solo tu mi puoi aiutare! Sai che papà lo ha ripudiato. Di certo lui non verrà mai a palazzo. Tu puoi avvertirlo, così potremo darci un appuntamento.»

«Ma io non so proprio dove abiti.»

«Ti darò un messaggio per Giacomo, lo porterai a Giulia Sanfelice e ci penserà lei a farglielo recapitare...»

«Giulia?» Margherita aggrotta la fronte. «Non siamo molto in confidenza...»

«Non preoccuparti per questo.» Matilde è in ansia. Quanto tempo le resta, prima che arrivino la domestica o madame D'Aubry? «Ti chiedo solo di darle un biglietto.»

«Ci devo pensare.»

«Come, ci devi pensare?» Matilde si acciglia: a cosa deve pensare quella specie di gallina colorata?

«Non è semplice, ammetterai. Mi chiedi di portare un messaggio di nascosto... Insomma, non lo so. Non è carino nei confronti dei tuoi.»

«Mamma ne sarebbe felice, se potessi dirle che voglio incontrare Giacomo!» Matilde ha quasi le lacrime agli occhi. «Si sta consumando nel pensiero di mio fratello, ma né io né lei possiamo parlarne. Tra noi c'è come un muro.»

La commozione di Matilde contagia la cugina, che la guarda piena di compassione. «Giacomo vi ha reso la vita difficile.»

«Non lui» lo difende subito la sorella, ma non osa dire: 'mio padre'. Perciò sceglie una strada più cauta: «Questa rivolta, quest'atmosfera di guerra ci ha tolto la serenità.»

La cugina annuisce, compunta. E Matilde torna alla carica: «Giacomo rischia di perdersi e io devo convincerlo a tornare indietro. Mi capisci, Margherita?»

Adesso l'altra pare convinta, l'espressione si è accesa. «Ma certo.»

«Dunque mi aiuterai?»

«Farò ciò che posso.»

Matilde le stringe di nuovo le mani, con gioia, e si siede davanti al secrétaire. Intinge la penna nel calamaio, scrive poche righe e soffia sull'inchiostro perché si asciughi. Due colpi alla porta la costringono a piegare svelta il foglio. Quando madame D'Aubry entra nella stanza, il biglietto è già in mano di Margherita che, abilissima, lo fa scivolare in una tasca nascosta.

«Qu'est-ce-que vous faites ici, mesdemoiselles?»

Matilde ha le guance arrossate per l'emozione. «Ho mostrato il mio diario a Margherita.»

Le due ragazze si scambiano un'occhiata complice e sorridono.

20
Il teatro dei pupi

Il piccolo teatro è gremito di gente. Matilde si guarda intorno con aria smarrita. Sua madre, pallida ed eretta, ha gli occhi fissi sul palco. Maddalena agita le braccia in segno di gioia di fronte a tutta quella confusione.

«Questa vuole stare in mezzo alla gente!» esclama la tata, che la trattiene a malapena. Ma né Matilde né la madre commentano.

La principessa Marie-Louise ha mal di testa. È venuta solo perché non poteva mandare le figlie da sole. Ma che stupida idea, il teatro dei pupi! Matilde è ancora così bambina da amare queste sciocchezze. C'è di buono che Maddalena è tranquilla, e inoltre la principessa ha intravisto la duchessa di Belforte con i figli e la marchesa Martone, qualche palco più in là.

Matilde osserva la gente in platea, i visi che si affacciano dai palchi: dove sarà Giacomo? Impossibile che non sia venuto! Margherita le ha giurato di aver consegnato il messaggio ai Sanfelice. L'appuntamento era qui, per oggi: l'unica possibilità per uscire di casa e approfittare di un po' di confusione. Le luci si spengono e sul palcoscenico appare una marionetta con la scintillante armatura dorata da paladino. Matilde continua a guardare verso la platea, verso i palchi, in galleria. Non riesce a seguire la tirata di Orlando che racconta la sua storia di guerra, amore, magia.

I bambini e gli adulti gridano, incitano le marionette quando combattono, ridono se il feroce Saladino viene bastonato, commentano ad alta voce, applaudono. Alla fine del primo atto, Matilde ha lo stomaco stretto dall'ansia. Il palco si apre, la tata fa uscire Maddalena e maman rimane seduta a sventagliarsi. La ragazza è a pochi passi dalla porta del palco, quando un giovane le fa un cenno. Senza pensarci due volte, Matilde sparisce tra la folla e si ritrova in un angolo, dove un gruppo di persone sembra impegnato in un'amabile chiacchierata. Appena arriva, il gruppo la circonda e d'un tratto, come per magia, si ritrova accanto il fratello. Vorrebbe abbracciarlo, ma lui le stringe il polso, dicendo: «Non dobbiamo farci notare. Per te sarebbe un bel guaio, se a casa sapessero che ci siamo incontrati.»

«Giacomo! Non c'è molto tempo...» Le mancano le parole per l'emozione. Non è forse Carlo quello seminascosto da un ampio cappello, che bisbiglia con una ragazza? «Giacomo...»

«Stai calma. Ho avuto il tuo biglietto. Che succede? Maman è malata?»

«No... Io, Giacomo, ecco...»

Intorno sorrisi amichevoli e finte chiacchiere. Il fratello le stringe appena il braccio per incoraggiarla e lei, con la voce che trema: «È venuto da noi il capitano Chiaromonte... di notte... non è più capitano, è comandante... E ha parlato con papà: ci sarà la guerra, arriveranno gli austriaci... Lo ha deciso qualcuno con un nome che non ricordo, un nome straniero...»

Il fratello si china verso di lei, sorride, ma gli occhi la fissano preoccupati. «Un nome come... Metternich?»

«Sì!» La memoria torna lucida: è come se il colloquio notturno fosse appena avvenuto. Affannata, prosegue: «Interverranno nei Paesi della Santa Alleanza, il re Ferdinando non lo sa ancora! Giacomo, devi fuggire, vi imprigioneranno tutti.»

Suo fratello non sorride più. «Matilde, non preoccuparti per me. Andrà tutto bene.» Le stringe di nuovo una mano, furtivo. «Sei stata magnifica. Adesso devi tornare al palco. Ti farò avere mie notizie.»

Un cenno della testa e il gruppetto si riapre. Prima di allontanarsi, Matilde lancia uno sguardo al ragazzo con il cappello. Lui alza appena la testa, fa un cenno di saluto. Anche sotto la falda si intravedono gli occhi chiarissimi di Carlo.

«Dov'eri?» Maman ha le guance rosse per l'ira. «Dove sei andata?»

«A sgranchirmi le gambe» Matilde abbassa gli occhi. «Non ne potevo più di stare seduta.»

«Non ti si può perdere di vista un secondo.» Le luci si stanno abbassando, la principessa termina sottovoce: «A casa faremo i conti.»

Sul palcoscenico appare un guerriero con un elmo che nasconde il viso, la spada in mano, lo scudo nell'altra. Sul fondale alle sue spalle è dipinto un castello in cima a un'alta rocca. Una voce fuori campo racconta: «Bradamante, la guerriera senza paura, è arrivata al castello del mago che ha catturato il suo amante Ruggiero.»

La marionetta alza il braccio armato, e con voce femminile grida: «Atlante! Esci e combatti!»

Dall'altro lato entra un uomo su un cavallo alato. È disarmato, con uno scudo rosso in mano e un libro nell'altra. Matilde segue con apprensione la battaglia tra il mago e la donna: lui la confonde, la fa cadere, mentre il pubblico segue con grida ed esclamazioni. Infine, Atlante fa una risata cattiva: «Volevi distruggere me, il grande incantatore? Sciocca femmina presuntuosa! Ti ho sconfitta!»

Il cavallo alato atterra accanto alla guerriera. Il mago scende e si avvicina a Bradamante per incatenarla, ma lei si rialza e lo afferra. Grida dal pubblico, applausi. La donna recita: «Hai cantato vittoria troppo presto! Sapevo della tua magia e dello scudo, e ho finto di svenire! E adesso farai la fine che ti meriti!»

Appena cade il turbante del mago, Bradamante si ferma. «Non posso ucciderlo!» grida verso il pubblico. «È solo un vecchietto!»

«Chi se ne importa! È un negromante!» urla qualcuno.

Adesso la guerriera incatena il mago, lo costringe a liberare i prigionieri; il fondale con il castello si alza verso l'alto, rivelando lo scenario del Vesuvio.

Da un lato esce un bellissimo giovane: è Ruggiero. Applausi, grida del pubblico, lo spettacolo è finito. Matilde, con le guance rosse, applaude entusiasta.

[illegible] splende il [illegible]
circondato da [illegible]
bicchieri di cristallo [illegible]
complicati [illegible]
candele, ore notturne [illegible]

[illegible]

21
Pranzo di Natale

Sotto i lampadari dalle molte luci, la tavola risplende. Il servizio di porcellana Capodimonte è circondato da posate d'argento e delicatissimi bicchieri di cristallo. Al centro troneggia una complicata decorazione fatta di puttini d'oro e candele, che mandano caldi bagliori.

Ma per il resto, di calore ce n'è pochissimo, lungo la tavolata. La principessa Marie-Louise siede altera a capotavola, pallida come sempre, gli occhi segnati da occhiaie scure che neppure il belletto riesce a coprire. Il principe è al capo opposto, la solita espressione grave, gli angoli della bocca piegati all'ingiù. Tra i due, simili a statue di cera, le file degli ospiti: zie e zii, cugini vestiti all'antica, tanto che il pranzo natalizio sembra una scena di teatro.

Matilde si sente spersa: chi è questa gente noiosa con cui i suoi genitori decidono ogni anno di condividere il giorno di Natale? Una zia grassa seduta di fronte a lei mangia di gusto, senza preoccuparsi di fare conversazione con chi le sta accanto, cioè un vecchissimo zio o cugino che porta la parrucca come usava nel secolo precedente. Non che i giovani siano più brillanti: uno ha intrapreso la carriera ecclesiastica e parla solo di santi, un altro sembra perso in fantasie tutte sue. C'è poi Margherita Popolizio, che non smette un attimo di parlare: ma come può avere tante scemenze da dire? Bene o male, malgrado le due statue a capotavola, tutti fanno del loro meglio per divertirsi: qualche chiacchiera, qualche risatina e moltissimi complimenti ai vini e alle vivande.

Non una parola sul fratello 'rinnegato'. Matilde scocca un'occhiata alla sinistra di sua madre, dove sedeva sempre Giacomo. Il posto è occupato da un parente di età indefinita. Magro, vestito di nero, si rivolge alla principessa con grande timidezza, come fosse un servitore.

Le arriva un brandello di conversazione dall'altra parte del tavolo: «Questi austriaci hanno rovinato il Natale anche a re Ferdinando: dovrà partire per Lubiana, e in fretta!»

«Dov'è *Lupiana*?» chiede una signora.

«Tra i lupi!» Intorno all'uomo che parla, qualcuno ride per compiacenza. Dove si trovi Lubiana, in realtà, non lo sa nessuno. «Una città dell'Impero, lassù nel Nord. Il re sbarcherà a Trieste e da lì si farà un bel viaggio in mezzo alle foreste slovene.»

«Ah, povero Ferdinando nostro!» dice la signora. «E per quale disgrazia deve andare lontano accussì?»

«Perché qua siamo nel marasma, Annella cara. Agli austriaci questo bailamme di Napoli non garba affatto, e adesso il re dovrà dare spiegazioni.»

«Ma Napoli non è degli austriaci!» si adombra un'altra signora. «Che c'entrano? Che stiano a casa loro!»

«Zia cara, gli austriaci mettono bocca dappertutto. Noi napoletani siamo nella Santa Alleanza con Austria, Russia e Prussia, quindi...»

«Oh, Maria Vergine benedetta! Ma allora il re nostro non conta nulla?»

«Zietta, il re ha fatto come nel proverbio: Pulecenella, 'e fische 'e teneva p'applause! Ferdinando credeva che a Vienna avrebbero lasciato correre, invece adesso va a prendersi i fischi e anche i rimbrotti. Se l'imperatore chiude un occhio sulla Costituzione napoletana, tutta l'Europa si ribellerà.»

La signora si fa un rapido segno della croce. «Dio ce ne scampi e liberi!»

Il principe resta impassibile, anche se è sicuramente il più informato tra i presenti. Matilde lo osserva mentre disseziona la faraona arrosto. Sembra che tutto ciò non lo riguardi. L'uomo che ha parlato finora cerca di trascinarlo nella discussione. «Giambatti', e tu che dici? Il re se ne tornerà a Napoli sano e salvo?»

Il padre alza appena il viso, borbotta qualcosa

che Matilde non riesce a sentire. Poi lo vede pulirsi la bocca e riprendere, con tono sottilmente minaccioso: «Prima di parlare bisogna saperle, le cose. Il governo costituzionale è fernuto, e 'o re cerca di salvare capra e cavoli. Gli austriaci hanno già deciso di far abbassare la cresta ai napoletani, e adesso Ferdinando prova a fare 'o paciere. Ma chi guverna o cavallo suio nun è chiamato mozzo 'e stalla, e Ferdinando si è fatto mozzo.»

Un silenzio imbarazzato cala sulla tavolata, finché il maggiordomo entra con le nuove portate e il discorso cambia.

«Ho un biglietto per te» sussurra Margherita appena si alzano da tavola.

Le mani scivolano tra le pieghe dell'abito, le dita fredde di Matilde stringono il biglietto e lo fanno sparire.

Vorrebbe chiudersi subito in camera e leggerlo. Che finalmente Giacomo abbia deciso di partire? Dopo il suo messaggio sperava che fuggisse, ma sono passati quasi due mesi e lui è sempre a Napoli, impegnato ad aiutare il governo rivoluzionario. Anche stasera papà ha ricordato che presto arriveranno gli austriaci. Presto... ma quando?

Nel salotto, una cugina con pretese di cantante ha appena attaccato un'aria di Paisiello: 'Il mio ben/quando verrà/a veder la mesta amica/di bei fior s'ammanterà la spiaggia aprica...' Basta, non resiste oltre: esce dal salotto, lo sguardo di sua madre la segue. E già sulle scale, rischiando di essere vista, apre con le dita tremanti il biglietto:

Cara sorella, buon Natale. Mi mancate molto tu e Maddalena, che adesso sarà grandicella e immagino comincerà a parlare. Non ti crucciare per me, io sto benissimo. Presto avrai mie notizie; ho in mente di partire da Napoli, ma ti farò sapere quando e come. Stai bene, sorellina carissima, ti abbraccio.

Giacomo

22
Incontro segreto

Fa un freddo terribile, le strade sembrano di ghiaccio. Anche se il tratto da percorrere è breve, il gelo le entra subito nelle ossa, e per non tremare Matilde stringe le mani dentro il manicotto di pelliccia.

La chiesa è in penombra. La luce azzurrina di questa mattinata invernale non riesce a filtrare attraverso le vetrate, l'interno è gelido e quasi buio. Matilde si dirige svelta verso il terzo confessionale, quello indicato dal messaggio che stamattina le è giunto da suo fratello. Ha dovuto faticare un po' per convincere sua madre della necessità di andarsi a confessare proprio oggi, con una simile gelata.

Madame D'Aubry finalmente si ritira verso la cappella di Sant'Agnese. Matilde sente il cuore battere forte, mentre si inginocchia e cerca di scorgere la figura seduta nel confessionale: è Giacomo, o un prete qualsiasi?

«Nel nome del Padre, del Figlio e dello Spirito Santo» bisbiglia una voce, ma non è quella di suo fratello. Mio Dio, che non sia potuto venire?

«Amen» sussurra lei. Ha un attimo di esitazione e la voce bisbiglia, dall'altra parte: «Dunque?»

«Padre, perdonatemi perché ho peccato» recita la ragazza, cercando qualcosa da dire. «Ho... disobbedito ai miei genitori...»

«Ah...» commenta la voce.

«E poi... ho detto bugie...»

«Come quella di stamani, per venire qui?» La voce si è fatta ironica. Matilde sussulta e alza la testa, cercando di distinguere qualcosa dall'altra parte della grata.

«Chi siete?»

«Non mi avete riconosciuto?» Senz'altro sta sorridendo, mentre lei è sempre più cupa. «No, io non...»

«Sono Carlo De Meo.»

«Carlo!» Non riesce a dir altro.

«Giacomo non è potuto venire, ha mandato me. Ascoltate, Matilde, non c'è molto tempo. Vostro fratello si è arruolato nell'esercito napoletano.» La notizia le ferma il respiro e Carlo incalza, sussurrando: «Molto presto ci sarà la guerra: gli austriaci si stanno muovendo.»

«E Giacomo combatterà! No! Dovete fermarlo, convincerlo!»

Carlo la interrompe freddamente. «Non è compito mio. Sono venuto solo ad avvertirvi, Matilde. Vostro fratello ha scelto di difendere la nostra città e il nostro governo.»

«E voi allora?» si infiamma lei, alzando appena il tono di voce.

«Sono più utile qui. Il giornale ha bisogno di me.»

Matilde vorrebbe alzarsi subito e scappar via, ma Carlo aggiunge, la voce vibrante di rabbia: «I reparti si stanno preparando. Si attendono notizie da parte del re che è ancora a Lubiana, quel traditore!»

«Cosa dite? Forse può fermare l'esercito austriaco.»

Una risata sommessa. «Così credete voi. Ormai Ferdinando è una marionetta in mano a Metternich. L'imperatore vuole schiacciare Napoli prima che qualche altra città si ribelli. Bisogna difendere la nostra libertà, e io e vostro fratello ci siamo impegnati a farlo.» Carlo riprende fiato, poi bisbiglia: «Nel nome del Padre, del Figlio e dello Spirito Santo, amen.»

Matilde si solleva di scatto, mentre la tenda del confessionale si apre. Nella penombra le appare la veste bianca e nera dei domenicani. Il cappuccio nasconde il viso di Carlo. Matilde non sa neppure perché, ma con un gesto iroso allunga la mano, tira indietro il cappuccio.

Lui sembra sorpreso, poi arrabbiato. «Che vi prende?»

«Niente. Volevo essere sicura che foste proprio voi.»

Un sorriso. Poi Carlo, inaspettatamente, le dà un bacio rapidissimo sulle labbra. Un attimo dopo è già scomparso, lasciando Matilde stordita e immobile. La ragazza sembra svegliarsi d'improvviso solo quando la voce di madame D'Aubry la richiama: «*Matilde, vous avait terminé?*»

«*Oui.*» E le labbra, adesso, sembrano bruciarle.

Matilde bussa con forza alla porta, poi la apre, senza neppure aspettare che maman dica: '*Entrez*'.

La stanza è semibuia. Sua madre è seduta di fronte alla finestra, ma non sta guardando fuori, perché i pesanti tendaggi di velluto sono tirati. Sembra non abbia neppure sentito la porta che si apriva, e quando Matilde dice: «Maman, scusate...» la principessa alza una mano per impedirle di continuare e mormora con un fil di voce: «Uscite, vi prego.»

«Maman» Matilde le si precipita vicino, le si accoccola ai piedi. «Devo parlarvi, è una cosa terribile, importante, vi prego!»

La donna scuote la testa, chiude gli occhi. Matilde, tuttavia, ha deciso che non si muoverà di lì finché non avrà detto quel che deve dire. Si aggrappa alla gonna della madre e sussurra: «Maman... si tratta di vostro figlio, è in pericolo di morte.»

La principessa sembra riscuotersi. Apre gli occhi, fissa Matilde come se la vedesse per la prima volta e singhiozza: «*Ma fille...*»

Apre le braccia. La ragazza si inginocchia per stringersi a lei. Le sembra un secolo che non abbraccia più sua madre.

La principessa allenta la stretta, il viso contratto per la sofferenza. «Figlia mia, vai adesso, sto così male. Ho bisogno di riposo.»

«Mamma, sono venuta per parlarvi. Non c'è tempo. Giacomo...» Sua madre spalanca di nuovo gli occhi. «Giacomo si è arruolato nell'esercito, vuole partire per la guerra.»

«Giacomo...» La principessa si porta una mano al petto. «Ah, no! Non è possibile!»

«Voi potete fare qualcosa per fermarlo.»

«Oh, io!» La donna scuote la testa. Gli occhi si riempiono di lacrime. «Io non ho potuto fare nulla. Nemmeno vederlo. Vostro padre...» Non dice altro, il viso rigato di pianto.

È la prima volta che Matilde vede sua madre così. Quella donna scostante, severa, sta tremando, le guance bagnate di lacrime. La ragazza ha un groppo in gola, le sfugge un singhiozzo. Adesso piangono insieme, abbracciate, finché d'un tratto la principessa si riscuote: «Matilde, aiutami.»

Con un po' di fatica si alza dalla poltrona. Sembra debolissima, è molto pallida. La figlia la sorregge fino alla toilette e l'aiuta a sedersi davanti allo specchio. Una mano indica il primo cassetto e la ragazza lo apre in fretta, prende la boccetta, conta rapida le gocce che cadono in un bicchierino.

Maman beve, chiude gli occhi, fa un respiro profondo. Poi sembra cambiare espressione. Con sguardo più vivo e voce più ferma, esclama: «Farò tutto quello che posso per salvarlo.»

23
Dichiarazione di guerra

Si aspettava un palazzo nobiliare, invece quella in cui sta entrando è una caserma con il cortile invaso da cavalli e ufficiali, e soldati che stazionano sotto i portici.

L'alta figura è stretta in un cappotto scuro, lungo fino ai piedi, e dal cappello rigido cala un velo che le nasconde il viso. Nonostante sembri una vedova in gramaglie, al suo apparire si sentono fischi e grida.

Impettita, senza badare ai commenti volgari, segue l'ufficiale d'ordinanza che le fa strada su per uno scalone e lungo un corridoio, fino a una porta da cui esce un imperioso: 'Avanti!'.

Non è come se lo ricordava, Armand Steff. Il giovane biondo, magro, dal viso affilato, si è trasformato in un uomo fin troppo robusto, stempiato.

Nel ricordo le pareva più alto, o invecchiando è diventato più piccolo? Durante il tragitto in carrozza e fino a quando non si è aperta la porta, l'ansia di Marie-Louise non ha fatto che crescere. Quanti anni sono passati? Quasi venti. È vero che il generale Steff ha accettato di incontrarla, ma può darsi sia solo per compiacimento o per curiosità. È diventato generale con il nuovo governo, perché era ufficiale di Murat e non è mai stato visto di buon occhio nell'esercito reale. Adesso starà assaporando il suo piccolo trionfo: la principessa Farinelli, in nome di un'antica amicizia, chiede con urgenza di essere ricevuta...

Marie-Louise fa un piccolo sospiro, attende in silenzio che l'attendente esca con un batter di tacchi, poi alza la veletta con calma, e sorride: «Vi ringrazio di avermi ricevuta, Armand.»

L'uomo si avvicina, si china nel baciamano e risponde: «Siete sempre incantevole.»

È probabile che sia semplicemente una formula educata, ma la principessa coglie un bagliore negli occhi del generale, e subito le torna in mente un ballo a Parigi, vent'anni prima: lo sguardo era lo stesso. Ma adesso non è più la ragazza che danzava con un ufficialetto napoleonico, incantata dalla sua corte. Mentre si siede, Marie-Louise viene subito al dunque: «Sono venuta per parlarvi di mio figlio.»

Il generale inarca un sopracciglio, ascolta condiscendente la principessa che parla dell'alzata di testa di un ragazzo viziato e del dolore di sua madre.

«Ha solo diciassette anni» commenta Marie-Louise, afflitta.

«Io ne avevo quattordici quando mi sono arruolato.» Il tono è tagliente e diventa ironico. «Ma, come ricorderete, non vengo da una famiglia nobile. Per noi del popolo è normale lavorare a quell'età.»

La principessa arrossisce, abbassa lo sguardo. «Non intendevo essere scortese. Giacomo... frequentava l'università.»

Il generale alza le spalle, poi ammicca: «L'esercito lo farà diventare un uomo.»

Allora lei alza lo sguardo, lo fissa. «Un uomo... come voi? Un uomo che corteggia una fanciulla senza avere il coraggio di presentarsi a suo padre?»

«Che state dicendo? Non capisco. Io ricordo una ragazza bellissima e piena di sé, che disdegnò un ufficialetto venuto dal niente.»

Marie-Louise scuote la testa, sorride. «Credete fosse normale, per una persona del mio rango, accettare la corte di qualcuno senza che la famiglia ne fosse al corrente? Entrambi abbiamo peccato di orgoglio.»

Il generale aggrotta la fronte. Il colloquio ha preso una piega che non si aspettava. Si schiarisce la gola, si alza dalla poltrona e chiama l'attendente.

«Informatevi in quale reparto si è arruolato un giovane di nome...» Lancia un'occhiata alla principessa e lei, pronta: «Giacomo Farinelli.»

Poi il generale si siede: adesso sembra più rilassato. «È curioso che non ci siamo mai incontrati prima.»

La principessa china la testa. «Non frequento molto i salotti mondani. Conduco una vita piuttosto ritirata.»

«È un peccato privarci della vostra bellezza.»

Ma lei rialza la testa, ha l'espressione angosciata. «Armand, dovete promettermi che Giacomo non partirà per la guerra.»

Il generale si acciglia. «È un volontario, partirà con gli altri. È un gesto nobile da parte sua.»

Le lacrime salgono agli occhi della donna. «Vi prego, Armand, mio figlio è la sola ragione della mia vita... Voi dovete... proteggerlo.»

«Non è in mio potere.» Ma l'uomo si è alzato, in visibile imbarazzo. Si volta verso la finestra, le mani allacciate dietro la schiena. «Vi prego di controllarvi, madame.»

«Vogliate di scusarmi.» Marie-Louise toglie un fazzoletto dalla borsetta, si tampona leggermente gli occhi.

Quando il generale si volta, la vede con gli occhi brillanti, le guance appena arrossate. Fin troppo simile alla ragazza di un tempo, quando anche lui era giovane e appassionato.

«Madame, non permetterò che soffriate.» Ha un attimo di esitazione. «Vi do la mia parola.»

Carlo arriva trafelato nella stanzetta dove ha sede il giornale *La libertà*. Il piccolo gruppo dei redattori sembra assopito intorno all'unico grande tavolo carico di carte.

«Siete ammattiti? Chi ha dato ordine di mettere in prima pagina questa sviolinata al governo costituzionale...» Sventola il foglio davanti ai cinque che non sembrano affatto turbati, e legge: «'Espressione dell'intero popolo napoletano, che si appresta a vincere, combattendo a oltranza il nemico invasore.'»

«Ordini superiori» commenta uno. «Dobbiamo sostenere la guerra del governo contro Vienna.»

«Quali ordini superiori?» Carlo si infiamma. «E perché io non ne so niente? Il mio articolo è scomparso!»

«È arrivato un messaggio del ministero.» Il ragazzo che parla è tranquillo, si sta riempiendo la pipa di tabacco. «Calmati, Carlo! Sembra che tu non ti renda conto...»

«No, qui siete voi a non rendervi conto! Nel mio articolo si faceva appello al popolo perché si mobilitasse, a leggere qui sembra che sia già pronto a combattere... Tutte invenzioni! Non abbiamo neppure le armi per difenderci!»

«Forse che il popolo legge il giornale? No. E il popolo sa per caso chi lo governa? No.» Il tono è sempre pacato. «Il giornale è per i cugini, i simpatizzanti, gli amici della Costituzione, e per chi fuori Napoli segue le nostre vicende.»

«Ah! Dunque abbiamo bisogno di propaganda, non di verità!»

«Ti ricordo che quando si è in guerra si mettono da parte gli idealismi e si combatte» interviene un altro, accigliato.

«Allora che stiamo a fare qui? Arruoliamoci tutti e non ne parliamo più.»

Nessuno raccoglie la provocazione. Quello che si è caricato la pipa si limita a gettare il fumo verso l'alto. Uno scuote la testa, un altro decide di alzarsi e uscire. Carlo non sa come sfogare la propria rabbia. Getta il foglio per terra, lo calpesta.

«I nostri fratelli sono andati a morire! E noi facciamo finta di non saperlo!»

Esce dalla stanza furibondo, continuando a inveire tra sé: Dovevo partire per la guerra e invece, per amore della verità, per testimoniare sul giornale... Che idiota! Io, l'uomo d'azione, sono finito a scrivere in quello schifo di giornale, e Giacomo, uomo di pensiero, si è arruolato volontario. Ci siamo scambiati gli abiti, le identità. Adesso, comunque, non c'è altro da fare che organizzare la difesa della città... Se Ignazio fosse ancora con noi...

La visione dell'amico, morto a una settimana dal ferimento, sembra portare con sé una terribile premonizione: i napoletani che accolgono festanti gli austriaci. Il popolo sta sempre dalla parte dei vincitori.

24
L'occupazione

È questione di ore, forse di minuti. Ogni casa viene perquisita, ogni porta che non si apre è sfondata a calci.

La redazione è stata presa d'assalto come fosse una postazione militare, e poi i soldati hanno appiccato il fuoco. I redattori sono stati portati via in catene, come animali, tra le risate e le urla del popolo.

I membri del governo sono stati più lungimiranti: il 19 marzo 1821, quattro giorni prima che gli austriaci entrassero a Napoli, hanno votato per l'aggiornamento e sono scomparsi. Fuggiti, forse. Gira voce che sulla porta del Parlamento qualcuno abbia scritto 'Affittasi'.

Carlo stringe il moschetto tra le mani, deciso a un'ultima resistenza armata. Lo scantinato che è il suo rifugio odora di muffa e di chiuso, le mura spesse impediscono di cogliere rumori esterni. Il tempo sembra essersi fermato.

L'esercito napoletano era stato sconfitto a Rieti: la notizia rimbalzava di voce in voce, per strada, ovunque. Le settimane successive si erano trasformate nell'angosciosa attesa di ciò che sarebbe accaduto: le città intorno a Napoli occupate una dopo l'altra dagli austriaci, fino all'assalto finale. Ma quale assalto? L'esercito era stato accolto trionfalmente, tra le acclamazioni del popolo. E dire che le espressioni dei soldati, gli ordini secchi gridati a chiunque si avvicinasse non promettevano niente di buono.

Le perquisizioni, le fucilazioni, gli arresti sono cominciati subito. I nuovi occupanti non sono qui per ammirare i bei tramonti sul golfo: ripuliscono metodicamente la città dai 'ribelli', con efficienza impersonale.

Carlo sente uno scricchiolio per le scale che portano al suo nascondiglio. Qualcuno armeggia col chiavistello, che si apre scorrendo. Lui imbraccia il moschetto, pronto a vendere cara la pelle.

Lo stanzone è pieno di feriti, di uomini che gridano, sdraiati su brande e giacigli improvvisati.

«Principessa, non potete rimanere qui.» La voce della suora è soave, ma ferma.

«Ho un lasciapassare.» La mano le trema, mentre tira fuori il documento.

«Va bene. Ma la ragazza, lei assolutamente no.» Marie-Louise si volta verso la figlia: «Matilde, *s'il vous plaît, attendez-moi dehors.*»

«Maman...» protesta lei.

La principessa le lancia un'occhiata severa, e la suora fa cenno a una sorella, che prende in consegna Matilde e la riaccompagna fuori. La ragazza si morde un labbro, osservando la porta chiusa oltre la quale è rimasta sua madre, da sola, a cercare tra i feriti.

La principessa ha appena un attimo di sbandamento, chiude gli occhi, ma li riapre subito, mentre la suora la fissa. «E proprio sicura di voler rimanere?»

La donna fa segno di sì, con decisione, e segue la religiosa nel reparto. L'odore è rivoltante, la vista del sangue la fa rabbrividire. Ci sarà anche suo figlio, tra tanti disperati? Solo il pensiero di trovarlo la sostiene, e lo sguardo va da un viso fasciato a un altro contratto in una smorfia, da un corpo rannicchiato a uno che respira affannosamente. Marie-Louise prega tra sé: Mio Dio, fa' che non sia stato colpito, fa' che non sia morto.

«Un po' d'acqua!» grida un ferito.

La suora si china verso di lui, lo aiuta a bere.

«Ascoltatemi» lo interroga Marie-Louise. «Giacomo Farinelli era con voi? Ne sapete qualcosa?»

«No, signora.»

«So che era nel vostro reparto. Siete sicuro?»

«Dovete parlare con il sottotenente Pagliai.»

La principessa guarda la suora, che accenna a farle strada e dice: «Venite.»

Il sottotenente, semisdraiato su un pagliericcio, è ferito alla testa. La principessa si china e di nuovo fa il nome del figlio.

«Giacomo Farinelli? Non era nel mio reparto. Non so chi sia.»

Ma qualcuno, lì accanto, mormora: «Signore, era quel giovane passato nel reparto di Martone, con il generale Carascosa.»

Con una specie di ghigno, il sottotenente dice: «Non dovete preoccuparvi per lui, signora. È salvo di sicuro. Carascosa ha evitato il combattimento.»

Il catenaccio si è sollevato, la luce penetra come una lama nello scantinato, ma prima che la porta si apra, si sente la voce tremante di un uomo: «Sono io, Nicolino...»

Carlo abbassa il moschetto con un sospiro di sollievo. Si alza e va verso la porta, mentre l'uomo rimane un po' incerto sulla soglia.

«Vieni pure, non temere. Che c'è?»

L'uomo che lo ha nascosto nello scantinato non tenta nemmeno di rispondere, la porta si spalanca e il ragazzo viene afferrato da un paio di soldati.

La prima reazione è quella di dibattersi, ma un colpo allo stomaco con il calcio del fucile lo costringe a piegarsi in due, senza fiato.

L'uomo che lo ha tradito si porta le mani alla testa e urla: «Perdonatemi, Carlo!»

Poi dall'ombra emerge il comandante Chiaromonte, con un sorriso di trionfo. Solleva la testa del prigioniero, prendendolo per i capelli, e conferma: «Sì, è uno di loro, portatelo via.»

E prima che lo trascinino verso il carro, Carlo

sente distintamente: «Venduto per due monete, meno di un'oca al mercato...»

Matilde attraversa il corridoio quasi di corsa: la cameriera l'ha avvertita che la signorina Giulia Sanfelice chiede di lei ed è stata fatta accomodare in salotto.

«Giulia!» Matilde la stringe in un abbraccio, sembra un naufrago che si aggrappa alla sua unica possibilità di salvezza. L'altra non si è neppure tolta il cappello e i guanti.

«Matilde, ho qualcosa da dirti. Qualcosa di urgente e di riservato.»

Volge lo sguardo intorno, a controllare che nessuno le ascolti. Ma l'altra la rassicura: «Papà è a palazzo reale, e maman è a letto con l'emicrania.»

Giulia avvicina il viso al suo e sussurra: «Giacomo è a Napoli. È nascosto in un luogo sicuro.»

Matilde è scossa da un brivido, le manca quasi il fiato: «Dove?»

L'amica le mormora un nome in un orecchio.

Matilde la stringe forte a sé, con le lacrime agli occhi, e dice un sommesso 'grazie'.

Poi torna in camera sua, riflettendo affannosamente: «Devo andare, devo trovare il modo di uscire! Ma come? Come?»

Sì, ha trovato! In un attimo indossa la mantella, gli stivaletti, e si precipita verso lo studio del padre. Là apre in fretta i cassetti della scrivania, finché non si imbatte in quello che cercava: una pistola. Non l'ha mai usata in vita sua, non sa neppure come si carica, ma l'afferra senza esitazioni. Se non altro, servirà a farla uscire.

Quando madame D'Aubry si piazza in mezzo al corridoio per fermarla, le punta contro l'arma a braccio teso. La donna lancia un grido e si addossa alla parete, tremando. Accorrono il maggiordomo e le domestiche, ma la ragazza sembra una furia, impugna saldamente la pistola e grida: «Indietro, o sparo!»

La servitù si dilegua in un attimo, lasciandole via libera. Matilde raggiunge il portone, nasconde l'arma sotto la mantella e corre verso la piazzetta, alla ricerca di una carrozza che la porti al convento di San Girolamo.

25
Il forziere delle quindici chiavi

Gli odori del giardino, l'umido che sale dal prato, i profili degli archi... in piedi nel chiostro dei Girolamini, Matilde cerca di ri prendere fiato. È successo tutto così in fretta che non c'è stato neppure il tempo di aver paura.

Giacomo la accoglie con la notizia dell'arresto di Carlo e l'idea di liberarlo. Ma come realizzarla, una fuga da un carcere pieno di prigionieri politici e presidiato dalle ronde dei soldati austriaci?

«Adesso, dobbiamo farlo adesso: ancora non hanno avuto il tempo di organizzare i tribunali speciali, sono ancora impegnati a rastrellare la città e riempire le galere. Se non lo facciamo subito, verrà impiccato.» Suo fratello sembra sicuro di avere in tasca la chiave per tirar fuori l'amico: «Ci vogliono solo un bel po' di soldi. A Napoli si compra e si vende qualsiasi cosa, anche la vita di un prigioniero.»

«E dove li troviamo, tutti questi soldi?» Matilde spera quasi che ce li abbia lui, da qualche parte.

«A casa nostra» risponde Giacomo con un lampo nello sguardo.»

«E chi ci torna? Tu non puoi certo metterci piede, e io sono scappata con una pistola.»

«Con che cosa sei scappata?» Giacomo la guarda stupefatto.

«Con... la pistola di papà, ecco...» La mano scosta appena la mantella, lascia vedere l'arma.

Il fratello non riesce a trattenersi dal ridere. «Ma è scarica! E tu non sai neppure sollevare il cane!»

«Madame D'Aubry però non poteva saperlo, e neppure la servitù. Quando gliel'ho puntata contro, sono scappati come lepri.»

Giacomo le prende il viso tra le mani, la bacia sulla fronte. «Brava! Brava, sorellina mia! Tu sei una rivoluzionaria nata!»

«Ti ricordi? Te l'avevo detto, e tu non ci credevi!»

Giacomo alza le spalle, allegro. «Capita a tutti di sbagliarsi.» La prende per mano, avvicina il viso al suo e le parla all'orecchio. Il chiostro è deserto, ma non si sa mai. «L'unica possibilità che abbiamo è entrare in casa di nascosto, stanotte. Scavalcheremo il cancelletto del giardino: i cani ci conoscono e non abbaieranno.»

A Matilde sembra un piano pazzesco, ma non ha alternative da suggerire. Fa per parlare, ma poi tace e guarda il fratello: si è fatto crescere la barba, è dimagrito. Sembra davvero un frate, lì dentro.

Poi non riesce a trattenersi dal dire: «Ho avuto tanta paura, Giacomo... Ho temuto per la tua vita, quando ti sei arruolato.»

«Ah! Che buffonata, quella!» Il ragazzo si batte una mano sulla coscia. «Mi hanno assegnato a un reparto che non ha visto neppure volare una pallottola!»

Matilde abbassa gli occhi, guardandosi bene dal raccontargli dell'intervento di maman.

È notte fonda, ma l'ansia è tale che Matilde non dormirebbe neppure se fosse nel suo letto, invece che nel giardino di casa. Il fratello la tiene per mano, nel tentativo di rassicurarla. Di cespuglio in cespuglio si sono avvicinati alla porta di servizio, come facevano da piccoli quando giocavano a nascondino. I cani li osservavano curiosi, scodinzolando muti.

La luce alla finestra del primo piano finalmente si spegne: il principe dev'essere andato a letto. Non riescono a immaginare quale sia l'atmosfera, in casa, ora che anche Matilde è scappata. Maman avrà fatto ricorso alle sue gocce per addormentarsi e dimenticare almeno per qualche ora la tragedia che l'ha privata di due figli. E papà... che avrà fatto papà? Si sarà sfogato sui servi, avrà chiamato le guardie... e poi?

I due ragazzi sgusciano fino alla porticina, ma la trovano chiusa. Impossibile passare dalle finestre del pianterreno, protette con grate di ferro.

Giacomo osserva quelle del primo piano con attenzione, studiando una possibile via d'accesso.

«Bene. Vado.»

«E io?» fa lei, allarmata.

«Se la porta fosse rimasta aperta, mi avresti accompagnato. Ma bisogna arrampicarsi fin su, perciò vado solo io. Stai tranquilla e aspettami.»

Si aggrappa alla grata della finestra e balza su, poi cerca appigli tra le vecchie pietre. È a malapena un'ombra incollata alla parete, e Matilde lo segue con il cuore in gola. Eccolo arrivare al balconcino e tirarsi su agilmente. Poi uno scricchiolio: suo fratello ha forzato la malconcia portafinestra ed è scomparso.

Il forziere è nella stanza di lato. Per la prima volta Giacomo ringrazia l'uso medievale di suo padre di custodire grosse somme in quello scrigno, come fosse un signore feudale.

Del resto, il forziere è quasi inviolabile: per aprirlo bisogna far girare insieme quindici chiavi, ciascuna con una diversa serratura. Una faccenda lunga e complicata, per un ladruncolo.

Ma non per Giacomo. Era ancora bambino quando ha scoperto il segreto delle quindici serrature: sono tutte collegate a un meccanismo nascosto nella base del massiccio forziere, e per farle scattare contemporaneamente basta inserire una piccola chiave in quel punto. Una piccola chiave... o un coltellino, come aveva fatto lui da piccolo, dopo ore e ore di tentativi.

È buio, ma Giacomo non ha difficoltà a orientarsi: trova il forziere, estrae il coltellino dalla tasca e fa scattare le serrature. Poi alza il coperchio e tasta i sacchetti di monete. Ne afferra due, se li assicura alla cintola e fa per tornare indietro.

«Adesso fai il mariuolo in casa tua.» Una voce piatta gli raggela il sangue.

Suo padre emerge dal buio. Uno scatto dell'acciarino e la candela sembra quasi una fiaccola. Giacomo strizza gli occhi, osserva la figura allampanata: d'improvviso, il principe gli pare più vecchio, più fragile di quanto ricordasse. Non dice una parola, alza la fronte, lo sguardo sprezzante.

L'uomo lo fissa, e quello sguardo sembra durare un tempo infinito. Poi, come se si arrendesse, dice con voce incredibilmente stanca: «Ma sì, in fondo è roba tua. Sei mio figlio.»

«Pensavo mi aveste rinnegato.» La voce di Giacomo è tagliente, gli occhi brillano di rabbia.

Ma il padre non risponde altro che: «Vattene. E che Dio ti protegga.»

Giacomo esce in fretta dalla stanza, e subito la luce si spegne. Non appena il buio lo inghiotte, il ragazzo ha l'impressione che sia stato tutto un sogno.

26
Fuga da Napoli

Tra poco sarà l'alba, deve solo avere la pazienza di aspettare. Poi una luce tenue penetrerà nella cella dalla feritoia in alto, e anche questa notte orribile, fatta di fruscii e incubi, sarà finita.

Carlo l'ha passata per metà seduto e per metà in piedi, senza chiudere occhio. Appena si sdraia viene assalito dagli insetti e sente più vicino lo zampettio dei topi. La prima notte ha gridato più volte, sentendo qualcosa che gli sfiorava il viso o gli strisciava addosso. Stanotte è così intontito che non ha la forza di reagire. Durante il giorno è riuscito a dormicchiare seduto con tro la parete, la testa ciondoloni.

D'un tratto, lontano ma perfettamente udibile, si alza un canto. E una voce maschile gradevole e intonata, che sembra provenire dal sottosuolo, ma forse arriva da fuori.

«Fenesta che lucive e mò non luci,
sign'è ca Nenna mia stace ammalata.
S'affaccia la sorella e me lo dice:
Nennella toja è morta e s'è atterrata.
Chiagneva sempe ca dormeva sola, ah!
Mò duorme co li muorte accompagnata[10]!»

La morte! Lui non ha paura della morte. Domani, o forse il giorno successivo, lo trascineranno davanti a un tribunale fasullo e lo condanneranno. Lo impiccheranno in piazza, alla forca pubblica. E lui, in piedi davanti alla folla, griderà: 'Viva la Costituzione! Viva la libertà!'.

Sarà la morte gloriosa ed esemplare di qualcuno che non teme di sacrificare la propria vita per un ideale. Servirà al popolo, alla città, ai fratelli che lotteranno dopo di lui.

Il catenaccio scorre rumorosamente. Possibile che sia già l'alba? La luce non è ancora penetrata dalla finestra, e nemmeno risuonano i richiami delle guardie. O forse sono venuti a prenderlo?

La porta si apre, ma sulla soglia non appaiono le solite guardie: solo un secondino basso e tozzo, che si scosta per far entrare una figura ammantata. Carlo sussulta: è una donna, ma chi...?

«Presto, muovetevi, dobbiamo fare in fretta!»

«Matilde! Che cosa ci fate qui?»

«Non c'è tempo per le domande! Dobbiamo uscire subito, prima che diano l'allarme!»

[10] Finestra che lucevi e ora non luci, segno che Nina mia giace ammalata. S'affaccia la sorella e me lo dice: Nina tua è già morta e sotterrata. Piangeva sempre perché tanto sola, ah! Con gli angeli ora vive in compagnia!

Carlo è impietrito, come se non riuscisse bene a capire quello che gli sta dicendo la ragazza nascosta dal cappuccio.

«No...» mormora, e poi, più sicuro: «No! Non posso scappare!»

«Come? Cercate di non vaneggiare!»

«Non vaneggio. È il mio destino, Matilde. Morirò per la libertà, sotto gli occhi del popolo.»

«Santo cielo, ma siete proprio uno sciocco!» Matilde fa un gesto d'impazienza. Il carceriere si muove nervoso: c'è così poco tempo. «Non vi rendete conto di quello che dite! Per arrivare fin qui io e Giacomo abbiamo rischiato tutto... I secondini metteranno un cadavere nella vostra cella e diranno che siete morto nella notte, di febbre...»

Carlo lancia un sorriso quasi gioioso: «Vi ringrazio, Matilde. E ricordatemi anche a Giacomo. Il mio dovere è rimanere qui.»

Matilde abbassa rabbiosamente il cappuccio, sembra furiosa. «Di quale dovere parlate? Quello di fare un piacere agli austriaci e a Chiaromonte, lasciandovi stupidamente impiccare?»

Carlo fa per parlare, ma tace e aggrotta la fronte, mentre lei prosegue: «Vi fucileranno nel cortile del carcere, senza processo, e nessuno saprà che siete morto! E a cosa sarà servito?»

Il ragazzo chiude gli occhi, vacilla appena. Matilde fa un cenno al carceriere. «Presto!» Poi afferra la mano gelida di Carlo e lo trascina fuori della porta. Subito qualcuno gli infila una specie di mantello e gli cala un cappuccio in testa.

Aggrappato alla mano di Matilde come qualcuno che sta per annegare, il ragazzo percorre a passo svelto il corridoio e le scale, anche se le gambe minacciano di cedergli.

La loro guida è un secondo carceriere, che al passaggio della ronda austriaca li fa nascondere in un angolo buio. Ancora una corsa senza fiato, col cappuccio che per metà gli copre la vista. Infine Matilde gli lascia la mano: devono passare davanti all'ultima porta. L'uomo che li ha guidati fin lì grida alla guardia: «Fai passare il frate e la signora!»

Solo allora Carlo si rende conto di indossare un saio. Appena fuori, raggiungono in fretta un porticato dove li attendono due cavalli già sellati.

«Carlo! Avanti, monta!» La voce di Giacomo lo desta improvvisamente da quella sorta di incoscienza.

Prima di afferrare le redini, Carlo si volta verso Matilde, e stavolta è lui a tirarle giù il cappuccio di scatto. Il viso della ragazza è arrossato per l'eccitazione e la paura, gli occhi le scintillano mentre esclama: «Andate! Presto, per l'amor di Dio!»

Lui la stringe a sé senza una parola. E lei di slancio risponde al suo bacio.

Epilogo

La primavera è arrivata in ritardo, ma è esplosa in una sorta di anticipo estivo. Le imposte accostate creano una fresca penombra. Da quando il padre è morto, lo scorso anno, lo studio è diventato suo: ha fatto togliere le armi e i pesanti mobili settecenteschi, e ora la stanza è dominata da un enorme tavolo di legno color miele, pieno di libri e di carte.

Una donna che ha rinunciato ad avere una famiglia sua per diventare una studiosa, ecco cos'è oggi Matilde. Sul tavolo la sua ricerca sulla filosofia naturale, in accordo con i pensatori tedeschi.

Ma ora, non sa perché, i libri non la attirano. Forse sono il caldo e il profumo dei gelsomini che ha fatto collocare sul balcone a distrarla.

Maman è andata a portare Maddalena al saggio di musica. Con quella voce, non poteva che scoprirsi cantante. A dodici anni è già una promessa di cui si parla, tanto da suscitare l'interesse del maestro Vincenzo Bellini, il nuovo astro della musica italiana!

Matilde sospira: alla fine sono rimaste solo donne, in casa. Giacomo scrive brevi lettere da luoghi lontani: Barcellona, Parigi, Londra... E ogni volta lei apre l'atlante per calcolare quanto è lontana da Napoli quella città.

I primi tempi sono stati i più difficili: maman che trascorreva le giornate sprofondata in una cupa depressione, e papà... papà sembrava aver perso lo scettro del feudatario, tanto da rinunciare a incarichi governativi per ritirarsi sempre più in sé stesso. Quando Chiaromonte era venuto a chiedere la mano di Matilde, il principe aveva risposto con disprezzo: «Mia figlia non merita di cadere così in basso.»

Così ha potuto rinunciare a molti altri pretendenti. Perché non ce n'era uno che potesse scacciare il ricordo di Carlo e di quella notte, quando si era trasformata in Bradamante e aveva liberato il suo Ruggiero. Ma Carlo sembra scomparso, a malapena le sono giunte sue notizie tramite il fratello. Di suo pugno non ha mai scritto, a parte una firma in calce a una lettera che lei conserva come una reliquia.

La porta si apre: Matilde non ha sentito bussare, persa in una specie di sonnolenza.

«Signorina, per voi.»

Sul piattino d'argento, una lettera. Viene dalla Francia, ma la scrittura non è quella rotonda di suo fratello. Le mani le tremano un po' mentre la posa sul tavolo. Non ha quasi il coraggio di aprirla: e se contenesse brutte notizie? Se la avvertisse che il fratello è stato arrestato? Da dieci anni pesa su di lui la condanna a morte in contumacia. Che sia stato tradito, estradato in Italia?

Infine, con un profondo respiro, apre la busta con un gesto secco. La carta è leggera, la scrittura minuta, appuntita. Guarda la firma e il cuore le balza in gola. Poi legge in fretta, e rilegge di nuovo le parole che aspettava da undici anni e due mesi.

12 maggio 1832

Mia cara Matilde,
quanto tempo è trascorso? Più di dieci anni, e io non vi ho mai scritto. Non vi ho mai ringraziato per avermi salvato la vita! Vi serbavo rancore, sapete? Perché avevo rinunciato a una morte eroica ed ero fuggito come un codardo. Ma voi avevate visto giusto: allora la mia morte non avrebbe avuto alcun peso, mentre ora, vivo e salvo, so di poter essere realmente utile alla mia patria.
Qui a Marsiglia mi sono unito ad altri fratelli esuli, e qui ho incontrato l'uomo che ha la visione del futuro e la capacità per realizzarlo: Giuseppe Mazzini. È inseguito dalla polizia austriaca che lo vuole morto, come me, come Giacomo, come molti altri patrioti che aspirano a un'Italia nuova, libera, unita. Ma quell'Italia verrà. La Giovine Italia, come noi stessi ci siamo chiamati. Il nostro motto è: 'Ora e sempre'.
Ora e sempre, Matilde, io vi ho nel cuore. Ora e per sempre vostro,

Carlo

Lacrime di gioia le scorrono sul viso: ora e sempre. Non è passato che un attimo dalla notte in cui Carlo e Giacomo scomparvero. Una notte lunga undici anni, e l'alba che infine sta arrivando.

Teens

Caro Johnny Depp di Silvia Roncaglia

A piedi nudi, a cuore aperto di Paola Zannoner

Il mondo nei tuoi occhi di Loredana Frescura e Marco Tomatis

Elogio alla bruttezza di Loredana Frescura

Un anno dopo, l'amore di Loredana Frescura e Marco Tomatis

TVUKDB - Ti voglio un kasino di bene di Valentina F.

Solo in città di Olivia Crosio

Pesci volanti di Pierdomenico Baccalario ed Elena Peduzzi

La voce di noi due di Loredana Frescura

Matilde la ribelle di Paola Zannoner

Teens International

Alicia e il cuore smarrito di Shari H. Grilli

La carta utilizzata per questo libro
ha ottenuto la certificazione ambientale
F.S.C. (Forest Stewardship Council).

Stampato nello stabilimento grafico
«Legatoria del Sud» di Ariccia (RM)
nel mese di gennaio 2008